W0368186

ATELIER

HANNO MILLESI

DER CHARME DER LANGEN WEGE

ROMAN

ATELIER

EDITION ATELIER WIEN

Er aber hörte etwas, das wir nicht hörten.

Mit Tränen in den Augen erheben sich einige im Zuschauerraum von ihren Sitzen und winken dem zotteligen kleinen Kerl zu, als er am Ende seines turbulenten Aufenthalts auf diesem Planeten sein Raumschiff, die *Dexter Transfer*, achtern besteigt, um sich auf die Heimreise zu begeben – in eine Galaxie, so weit abgelegen, so fantastisch, dass niemand mit halbwegs intaktem Herzen ihre Existenz auch nur einen Moment lang bezweifeln würde. Im Verlauf der vergangenen anderthalb Stunden ist allen im Saal klar geworden, dass hier auf Erden niemals der richtige Ort für eine arglose Kreatur sein wird, schon gar nicht, sofern diese ein klein wenig anders geraten ist als der überwiegende Teil der Erdenbewohner und -bewohnerinnen.

Wer nicht mit Winken beschäftigt ist, hält sich an der Lehne des Sitzes eine Reihe weiter vorne fest, verlagert sein Gewicht von einem Bein auf das andere oder wippt mit dem Oberkörper vor und zurück. In ihrem Übermut klettern ein paar – was gar nicht so einfach ist – auf den Klappsitz, den man ihnen zu Beginn der Vorstellung zugewiesen hat. Sie tun das, um ihrem außerirdischen Freund Respekt zu zollen, sie tun das, obwohl die meisten von ihnen noch nicht einmal wissen, was das Wort *zollen* bedeutet. Sie wollen ihre Bereitschaft demonstrieren, alles zurückzulassen und mitzukommen, müssten sie zum Abendessen nicht zu Hause sein und im Anschluss daran gleich ins Bett – so sieht der Deal nun mal aus. Es ist der

Kummer darüber, dazu verurteilt zu sein, hier zurückzubleiben und sich in Erwachsene zu verwandeln, der immer mehr Kinder dazu bringt, sich zu erheben. Sie stehen auf, um auszudrücken, dass die Arglosigkeit, die ihr Wesen einstweilen noch bestimmt, an Bord der *Dexter Transfer* besser aufgehoben wäre als in einem Kinderzimmer.

Als die Kinoleitung ihn darum gebeten hat, im Anschluss an eine Spätnachmittagsvorstellung ein paar seiner Kunststücke vorzuführen, ist er davon ausgegangen, es würde ihm mühelos gelingen, die kleinen Zuschauer zu verblüffen und ein wenig davon abzulenken, dass mit der Abreise ihres extraterrestrischen Helden, spätestens jedoch mit dem Angehen der Saalbeleuchtung ein berührendes Fantasyabenteuer zu Ende gegangen sein wird. Da nun aber die meisten Kinder, mit der Wirkungslosigkeit ihrer Demonstration konfrontiert – eine Wirkungslosigkeit, in der ihre unverdorbene Intuition ein erstes Anzeichen der ihnen bevorstehenden Zukunft zu vermuten scheint –, auf ihren Klappsitzen balancierend in Tränen ausbrechen, befürchtet er, ein Blick *hinter die Kulissen* könnte alles nur noch schlimmer machen.

Wie würden die Kinder damit umgehen, dass die Dexter, dieses bereits im Vorspann des Films als legendär bezeichnete Raumschiff, auf dem alle Arglosen ihre Arglosigkeit in Sicherheit wissen, akustisch von einem ordinären Flip-Flop angetrieben wird, den ausgerechnet jemand wie er in seinem Studio ein paar Mal gegen seine Fußsohle hat flappen lassen? Wäre es für sie nicht enttäuschend, erfahren zu müssen, dass eine alles andere als galaktische Technik im Grunde nur die Intervalle zwischen dem Flappen verkürzt und die Abspielgeschwindigkeit auf ein Tempo gebracht hat, in dem es sich mit Flip-Flops auch in noch so ferner Zukunft und noch nicht einmal auf dem Heimatplaneten der Arglosigkeit laufen lassen wird?

Mit einem Auftrag wie dem vor den Kindern hatte er nicht mehr gerechnet, und er geht wohl auch nicht unbedingt auf seinen einstigen Ruf in der Branche zurück. Es handelt sich dabei um etwas, worin die Betreiber einiger Lichtspieltheater eine *originelle Werbemaßnahme* erkannt zu haben meinen. Sie putzen damit die Vorstellung an ein paar Sonntagnachmittagen auf und unterstreichen gleichzeitig die Absicht des Regisseurs, diesem Film etwas *Altmodisches* zu verpassen (»Wie die Filme damals, als ich in dem Alter war«).

Ungefähr bei der Hälfte seines Auftritts angekommen, nimmt er eine Espressokanne so lange nicht von einer Kochplatte, bis eine Säule weißen Dampfes mit voller Kraft johlend aus ihrem brodelnden Inneren herausgeschossen kommt. Er möchte damit rekonstruieren, wie der von den Triebwerken erzeugte Schub, der ein Raumschiff in eine sagenhafte Galaxie befördert, zu seiner Zeit zustande gebracht wurde (»soweit es die Geräusche betrifft jedenfalls«). Im Zuschauerraum sorgt das für betretene Stille. Eine Stille, in der die vorgeschriebene Raumtemperatur – jetzt, da alle wieder ordnungsgemäß auf den ihnen zugewiesenen Plätzen sitzen – sämtliche Tränen trocknet. Eine Stille, über die hinweg ihm der der Kanne entweichende Dampf zuraunt, die Enthüllung, ein derart simpler Trick habe mitgeholfen, aus der Sequenz einiger Bilder etwas zu machen, das einlädt, ihre Hoffnungen darauf zu projizieren, werde sich nie wieder aus dem Gedächtnis dieser jungen Menschen tilgen lassen.

Ausgerechnet er, der in seiner aktiven Zeit so stolz darauf war, mit seinen fantasievollen Geräuschkulissen an der Vorstellung von einer zukünftigen Welt mitzuwirken – die Gestaltung einer solchen Welt zählte sogar zu seinem bevorzugten Betätigungsfeld –, kommt sich bei einem Auftritt vor ein paar Kindern wie ein Schwindler vor. Ob das daran liegt, dass er sich, anders als früher, bereit erklärt hat, seine Trickkiste zu öffnen? Was eine unterhaltsame, vielleicht sogar lehrreiche Präsentation hätte werden sollen, entpuppt sich als Fingerzeig, wie wenig es doch benötigt, um ein paar Minderjährige hinters Licht zu führen. Worin das junge Publikum eine wenn auch unerreichbare, so doch zumindest vorstellbare Erlösung gesehen hat, basiert in Wirklichkeit auf den Einfällen eines hinterhältigen alten Mannes, dem sie, sobald sie sich damit abgefunden haben, was ihnen blüht, gefälligst ihre Anerkennung zollen mögen, wie sich das für faire Verlierer gehört (»Was bedeutet *zollen*?«).

An dieser Stelle folgt sonst immer der Höhepunkt seiner kleinen Show, das Ausschlüpfen des Publikumslieblings, wofür er nichts weiter benötigt als eine Eistüte und klebrige Finger, aber, obwohl er beides dabei hat, beschließt er, diesen Kunstgriff heute Nachmittag ausfallen zu lassen. Die hier versammelten Zuschauer, sagt er sich, haben mit ihrer Eintrittskarte, die einige ihr gesamtes Taschengeld gekostet haben dürfte, das Recht erworben, der Welt ihrer Eltern vorübergehend zu entfliehen – wenn schon nicht an Bord eines Raumschiffs, dann zumindest in ihren arglosen Herzen und vielleicht sogar über die Dauer einer Kinovorstellung hinaus.

*

Ein kleiner weißer Ball, ein Kunststoffrequisit mit einem Kern aus Hartgummi, von einer Vielzahl winziger Dellen überzogen, nähert sich eines Nachmittags mit hoher Geschwindigkeit einem Spaziergänger, trifft ihn mit voller Wucht am Hinterkopf und bringt ihn auf diese Weise abrupt zum Stillstand. Gedanklich bei sämtlichen dem Gehen innewohnenden Revolutionen – dem Auszug aus

Ägypten, dem Sturm auf die Bastille, den ersten Schritten auf dem Mond, dem langen Marsch nach sonst wohin – bemerkt der Getroffene zunächst nicht viel mehr, als dass sein Gedankengang ins Stocken gerät. Mit einer gewissen Verzögerung verspürt er eine noch nicht einmal schmerzhafte Berührung, von der ausgelöst, als habe jemand den Stecker gezogen, erst alles in ihm zusammenbricht. Ein Anrainer, der den Spaziergänger – zu diesem Zeitpunkt nicht mehr eindeutig in dieser Eigenschaft zu erkennen – am Gehsteig liegen sieht (»Das müssen zwei, drei Stunden gewesen sein«), wird später erzählen, dass ein Halbwüchsiger den Ball aufgehoben habe, ohne dem offensichtlich davon niedergestreckten, besinnungslosen Mann auch nur die geringste Beachtung zu schenken. Der Einschätzung dieses Anrainers zufolge muss es sich dabei allerdings nicht zwangsläufig um denjenigen gehandelt haben, der den Ball auch geschlagen hat (»Für das Einsammeln der Bälle sind meist ihre Kinder zuständig«).

Die Behauptung, niemand im Viertel sei überrascht gewesen, was da passiert ist, verleiht dem Golfballtreffer den Charakter eines zweifellos unglücklichen, deswegen jedoch noch lange nicht ungewöhnlichen Zufalls, und um einen Zufall dürfte es sich dabei auch gehandelt haben – Grund genug, keiner Partei die alleinige Schuld daran zu geben.

Da es seitens des Golfers jedoch noch nicht einmal ein Bekenntnis zu einer Form von Mitschuld gegeben haben dürfte, bleibt der Spaziergänger mit seinem Anteil an Schuld allein, bleibt liegen, und zwar, da niemand eine Ambulanz verständigt (»So etwas macht hier keiner mehr«), so lange, bis er ohne fremde Hilfe wieder zu sich kommt, was erst nach Einbruch der Dunkelheit geschieht – und Dunkelheit wiederum bedeutet hier draußen nichts anderes als Finsternis.

Ob nun aufgrund mangelnder Beleuchtung oder angespornt durch die Besinnungslosigkeit, aus der er gerade erst zurückgekehrt ist, der Weg vom Unglücksort zu ihm nach Hause macht sich auf alle Fälle einen Spaß daraus, den Spaziergänger an der Nase herumzuführen. Während die ganze Zeit über ein stechender Schmerz in seinem Kopf rotiert wie eine außer Kontrolle geratene Kompassnadel, gibt sich jede Richtung, die er einschlägt, nach den ersten paar Metern, auf denen sie noch einen vielversprechenden Eindruck erweckt hat, als die falsche zu erkennen. Der Gehsteig auf der gegenüberliegenden Straßenseite nähert und entfernt sich rhythmisch wie die Brandung eines Ozeans. Die Strecke verläuft bergauf, während es mit der Bebauung rundherum bergab geht. Einem urbanen Instinkt folgend richtet der Spaziergänger seinen Blick einmal sogar zum Himmel, wo er einem Firmament begegnet, wie er es in dieser Intensität noch nie zuvor gesehen hat. Der schimmernden Verzierung an der Innenseite des Deckels einer Schatulle nicht unähnlich – einer Schatulle, aus der freilich zuvor alles Wertvolle entfernt worden ist. Bei seinem Versuch, nach Hause zu finden, hilft ihm der Sternenhimmel zwar nicht unbedingt weiter, sein Herumirren weiß der Spaziergänger indes von diesem Zeitpunkt an von einem einzigartigen Funkeln überwölbt.

Als schließlich die Aussichtswarte in seinem Blickfeld auftaucht, muss sich der Spaziergänger eingestehen, endgültig von seinem Weg abgekommen zu sein. Außerdem ist es ihm irgendwie gelungen, das Stadtgebiet zu erreichen, ohne etwas vom Überqueren der Umfahrungsstraße bemerkt zu haben. Um kein weiteres Risiko einzugehen, beschließt er, sich bis zum Tagesanbruch nicht mehr von der Stelle zu rühren, schläft, gegen den verbarrikadierten Eingang der Aussichtswarte gelehnt – von wo aus einst eine hölzerne Treppe emporgestiegen ist, ragen nur noch ein paar Latten aus der backsteinernen Ummantelung –, sogar ein Weilchen, allerdings recht unergiebig, sodass er sich später kaum daran erinnern wird.

Jenseits der Umfahrungsstraße ist er seit geraumer Zeit nicht mehr gewesen. Für gewöhnlich enden seine Streifzüge an Orten, von denen der Rückweg vernünftigerweise ganz von selbst zu ihm nach Hause verläuft. Was nicht heißen soll, dass sich der Spaziergänger, seit er außerhalb der Umfahrung wohnt, nicht bereits mehrmals vorgenommen hätte, die breite Fahrbahn zu überqueren. Sämtliche seiner bisherigen Versuche sind jedoch kläglich gescheitert. Am dichten Verkehr, an den Übergängen, die so weit auseinanderliegen, dass er, nach einem von ihnen Ausschau haltend, den Grund, weshalb es eben noch so wichtig zu sein schien, nach drüben zu gelangen, jedes Mal aus den Augen verloren hat. Nach *Z*, wie man die Gegend innerhalb der Umfahrungsstraße mittlerweile nennt, als könne sie sich ihren vollständigen Namen nicht mehr leisten, als habe sich mit jedem bankrotten Betrieb, mit jeder öffentlichen Institution ein weiterer Buchstabe verabschiedet. Sollte demnächst auch noch der Rest seine Zelte abbrechen, würde bald niemand mehr eine Bezeichnung für diesen Teil der Stadt benötigen.

Ob von seinem Namen eines Tages ebenfalls nur noch der Anfangsbuchtstabe übrig sein würde? *L* – das müsste den wenigen, denen daran gelegen war, ihn anzusprechen, von da an reichen. Frau Hauptmann, wenn er ihrem Staubsauger wieder mal im Weg steht, oder Giovanni, um ihn darauf aufmerksam zu machen, dass etwas, das *L* frittiert haben wollte, bereit sei, verzehrt zu werden.

Aus seinem vollständigen Namen hat er sich aber ohnehin nie viel gemacht. Zeitlebens hat er das Gefühl gehabt, er sei für jemand anderen vorgesehen gewesen, dem ähnlich zu werden ihm allem Anschein nach nicht gelingen wollte. *Lambert.* Zwei Silben, deren Kombination früher einmal eine Bedeutung gehabt haben dürfte, über die heute niemand mehr Bescheid weiß. *L* in Z … nur noch einem Grüppchen Zurückgebliebener verständlich. Einer, den niemand mehr kennt, in einer Gegend, an die sich kaum noch jemand erinnert – LZG –, in absehbarer Zeit wohl nicht einmal mehr er selbst.

Im Morgengrauen macht Lambert sich alles andere als ausgeruht, dafür nass, durchgefroren und wacklig auf den Beinen auf den Heimweg, und der führt ihm vor Augen, wie er die Umfahrungsstraße hat überwinden können, ohne etwas davon zu bemerken. Die Strecke verläuft durch eine Unterführung, und im Anschluss an eine Passage im Dunklen – das muss die Schatulle gewesen sein – findet Lambert sich auch schon in seiner Nachbarschaft wieder.

Hier ist der Morgen bereits fortgeschritten, und der Nieselregen hat sich in die Sprühflut zahlreicher Sprinkleranlagen verwandelt, die selbst der grimmigen Fassade von Lamberts Wohnhaus, zumal in ihrem unübersehbaren Wunsch, ihr etwas Unvergängliches anzusehen, eine geradezu niedliche Note verleihen. Unvoreingenommene Lichtverhältnisse unterstreichen, dass dieses Gebäude im Laufe der Jahre einen beträchtlichen Teil seiner ehemaligen Ausstrahlung eingebüßt hat. Die Dachrinne baumelt nur noch lose verankert von der Traufe wie ein am Nasenrücken heruntergerutschtes Brillengestell. Ein unbekümmerter Wind lässt sie an manchen Tagen auf und ab wippen, was ihr ein geradezu jämmerliches Quietschen abverlangt. Der Anstrich ist seit geraumer Zeit nicht erneuert worden, als bestehe keine Notwendigkeit mehr, die physischen Anzeichen fortgeschrittenen Alters darunter zu verbergen. In einem der Fensterrahmen klemmt ein Stück Vorhangstoff, was aussieht, als sei dem ganzen Haus die Luft ausgegangen. Zwei vom Borkenkäfer befallene Winterlinden flankieren den Eingangsbereich, als handle es sich bei ihren hölzernen Stämmen um die Nachkommen bürgerlicher Totems. Ihre vergilbten Blätter erinnern an wertlos gewordene Eintrittskarten. Ungezählt liegen sie zusammengeknüllt auf dem Gehsteig, bereit, demjenigen, der auf sie drauftritt, mit heiseren Kinderstimmen zu antworten.

*

Das Rohr ihres Staubsaugers im Anschlag blickt Frau Hauptmann Lambert aus dem Wohnzimmer heraus einfach nur an und bringt ihn auf diese Weise dazu, eine eilig zusammengeflickte Geschichte, derzufolge er gerade von einem morgendlichen Spaziergang zurückkehre, für sich zu behalten. Frau Hauptmann erweckt den Anschein, ohnedies Bescheid zu wissen. Als lasse sich mit ihrem Haushaltsgerät, sofern man sich darauf verstehe, damit umzugehen, die unmittelbare Vergangenheit auf sämtliche Unregelmäßigkeiten hin untersuchen.

Der Wissensvorsprung seiner Haushälterin überrascht Lambert in Anbetracht seines dröhnenden Schädels nicht im Geringsten. Frau Hauptmann weiß eben eine ganze Menge und darunter auch Dinge, von denen er keine Ahnung hat. Ihre Spezialität ist die ungeschminkte Einschätzung der Verhältnisse, wie sie sich in ihren Augen darstellen (»Ich bin ja hier nur die Putzfrau«).

Äußerlich erinnert Frau Hauptmanns dralle Erscheinung an die erdige Fruchtbarkeit einer Kartoffel, einer Kartoffelpatronin, wie sie in ländlichen Gegenden früherer Tage gleichermaßen verehrt wie gefürchtet wurde. Mit Schmuck aus grobem Wurzelwerk und einem staubigen Kleid aus getrocknetem Lehm. In letzter Zeit weist ihre Fülle, als wäre hier und da schon mal ein wenig Luft entwichen, möglicherweise etwas Schlaffes auf – aber ein großes Herz offenbart sich bekanntlich nicht im Faltenreichtum der Haut, sondern in einem Lächeln auf den Lippen.

Frau Hauptmanns Lippen lächeln nicht. Auf das mächtige Rohr ihres betriebsbereiten Staubsaugers gestützt, beansprucht sie das Zentrum des Wohnzimmerteppichs, dessen Muster sich unter den Korksohlen ihrer Gesundheitssandalen in den mannigfaltigen Zierrat einer ihr geweihten Kultstätte verwandelt. Etwas versöhnlich Pummeliges hat sich in Frau Hauptmanns Physiognomie mit dem feisten Zubeißen kleiner Nager vermischt. Im Anschluss an eine ihrer gehässigen Bemerkungen taucht sie für gewöhnlich ihren Putzlappen in einen Eimer und hält einige Sekunden lang inne, als gäbe sie – ihre Hände im lauwarmen Aufwaschwasser – ihrem Arbeitgeber Gelegenheit, abzuwägen, ob er über ausreichend Schneid verfügt, um etwas zu seiner Verteidigung vorzubringen.

Lambert beteuert, die Sache sei halb so wild gewesen, sein Schädel brumme auch nicht mehr so arg. Gestern Abend sei es ihm nur eben vernünftiger erschienen, jegliches Risiko zu vermeiden und am Unfallort abzuwarten. Anstatt näher darauf einzugehen, worauf er *vernünftigerweise* gewartet habe, bückt sich Lambert und präsentiert seinen Hinterkopf, an dem ihn der Golfball getroffen hat. Einen Kommentar entlockt er seiner Haushälterin mit dieser Demutsgeste allerdings nicht. Wahrscheinlich übersieht Frau Hauptmann die ihr dargebotenen Spuren sogar absichtlich, als befürchte sie, sich ansonsten darum kümmern zu müssen und, würde sie sich erst einmal darum kümmern, der diesen Spuren zugrunde liegenden Leichtsinnigkeit mit so etwas wie Nachsicht zu begegnen. Lambert weiß nur zu gut, was Frau Hauptmann auf der Zunge liegt. Er hat es schon so oft von ihr gesagt bekommen, dass es bereits ausreicht, seine Aufmerksamkeit auf die Arabesken zu ihren Füßen zu richten, um es einmal mehr zu vernehmen: Wer sich in seiner Nachbarschaft nicht mehr zurechtfinde, bleibe in Zukunft besser daheim, ehe er sich und andere in Gefahr bringe (»Ein alter Hund darf eben nicht mehr allein vom Hof«). Ob mit den *anderen* die gelangweilten Bewohner der Vororte gemeint sind oder ein Arbeitsplatz wie der ihre als seine Haushälterin, verschweigt Frau Hauptmann mit der gleichen Geflissenheit, mit der sie die Spuren des Golfballtreffers auf Lamberts Hinterkopf übersieht.

Mag Lambert sich von Frau Hauptmanns Schweigen auch überhart beurteilt fühlen, so weiß er doch, dass sie nicht völlig unrecht hat. Immerhin hat er es in ihrer Person mit einer eingeschworenen Bewohnerin dieser Region zu tun, mit einer, die vor zig Jahren aus Z – das damals noch über einen Namen in seiner gesamten Länge verfügte – hierher übersiedelt ist.

Während über Z bald darauf eine schlimme Zeit hereinbrach, hielt in den Vororten – gemeinsam mit Frau Hauptmann – ein ansehnlicher Wohlstand Einzug. Frau Hauptmann hat den wirtschaftlichen Ruin also nicht bloß kommen sehen – das haben viele, im Nachhinein sogar mehr oder weniger alle –, Frau Hauptmann hat rechtzeitig die Konsequenz daraus gezogen und sich selbst dafür belohnt, was ihrer Übersiedlung nicht nur ihrer eigenen Auffassung nach etwas beinahe schon *Gesegnetes* verleiht, als habe sich darin ein uralter Orakelspruch erfüllt. Der Wirkung einer solchen geradezu magischen Dimension kann sich auch Lambert nicht vollends entziehen, weshalb jede mit Z und seinen Vororten zusammenhängende Behauptung seiner Haushälterin, egal wie bizarr oder unglaubwürdig, ob ausgesprochen oder nicht, in seinen Augen etwas Unbestreitbares an sich hat.

Zuletzt erhebt Frau Hauptmann dann doch noch ihre Stimme, zumindest hat Lambert den Eindruck, etwas zu hören, aber da meldet sich auch schon ihr Staubsauger zu Wort, verschluckt was immer Frau Hauptmann sagt in seinem Getöse und betont damit, dass keine Silbe davon Wert darauf legt, kommentiert zu werden. Gleich darauf dringt das lange Staubsaugerrohr, von Frau Hauptmanns kräftigen Händen dirigiert, in die schmale Lücke unterhalb des Sofas, was den auf einem Tischchen daneben positionierten Fernseher veranlasst, Lambert einen unschuldigen Blick zuzuwerfen, als beschränke sich seine Aufgabe nun mal darauf, das Nichts von unterhalb des Sofas auf seinen Bildschirm zu übertragen.

*

Mit Sicherheit hat sich unter Frau Hauptmanns letzten Worten die Aufforderung befunden, Lambert möge in Zukunft darauf achten, dass ihn keiner seiner Streifzüge mehr aus seinem Vorort hinausbringe. Von nun an hätten sie allesamt an der Ortsgrenze zu enden, da Lambert es von dieser aus ungeachtet etwaiger Beeinträchtigungen infolge einer neuerlichen *Unachtsamkeit* (»Als Unfall bezeichne ich einen Baum, der gegen einen alten Mann läuft«) bis nach Hause schaffen und, falls nicht, zumindest nicht allzu weit von dort entfernt liegen bleiben würde. Eine *Vereinbarung* könnte man sagen, andere hätten es ein Verbot genannt, Frau Hauptmann zum Beispiel, und wahrscheinlich hat sie ihren vom Staubsaugergetöse unkenntlich gemachten Worten *ohne Begleitung* hinzugefügt, was wie eine Milderung klingen mag, tatsächlich jedoch eher einer Verschärfung gleichkommt. Schließlich lassen sich Lamberts Streifzüge als letzte Abzweigungen auf einem von ihm eingeschlagenen Lebensweg bezeichnen. In ihnen münden nicht nur sämtliche Formen des Weiterkommens, die es ihm in der Vergangenheit gestattet haben, fragwürdigen Konstellationen auszuweichen, verpassten Chancen hinterher- und vor sich zusammenbrauenden Unannehmlichkeiten davonzulaufen, mit Hilfe seiner Streifzüge ist es Lambert gelungen, stets in Bewegung zu bleiben, ein Spezialist des aufrechten Gangs, schlendernd oder marschierend, auf Zehenspitzen, Einbahnen entlang, unausgesetzt in Kontakt mit dem Erdboden.

Auch beruflich hatte sich Lambert – in der Branche besser bekannt als *Bert* – zuletzt vor allem mit der Inszenierung verschiedener Spielarten der Fortbewegung befasst: nächtlichen Schritten auf regennassem Asphalt, Schritten, die sich als die letzten herausstellen sollten, bürokratischen auf Linoleum, sterilen auf Keramikfliesen, majestätischen über Marmorimitat sowie Schritten, die binnen einer Schrecksekunde in ein Laufen übergingen. Ein gedemütigter Mensch geht anders als ein verliebter. Jemand, der den Kopf verloren hat, hört sich vorübergehend nicht so an wie ein Gewinner, der triumphierend einherschreitet, während ein Besiegter taumelt, ein Leichtgläubiger auf den Holzweg gerät, ein Uneinsichtiger gegen eine Wand rennt und ein Nachtwächter eine weitere Runde dreht, ehe ihm von einem Dieb, der sich unhörbar angeschlichen hat, eins übergebraten wird (ein Sack Zement aus ein, zwei Metern Höhe fallen gelassen). In seinem ehemaligen Studio (»mein Kinderzimmer«) hat Lambert sich auf heiklem Parkett bewegt, ist durch Schnee gestapft, Zweige knickend und Käfer zermalmend über Waldböden gerobbt. Am Ende seiner beruflichen Laufbahn verfügte er über eine ganze Batterie jeweils etwa eineinhalb Quadratmeter großer sogenannter *Laufställe* mit einer Auswahl aller erdenklichen Bodenbeschaffenheiten. Da gab es Mehl (Schnee), Gras (Rasen), Laub (Herbst), Betonsand (Prärie), Pflasterstein, Kacheln, knöcheltiefes Wasser bis hin zu Holzdielen (verräterisch knarrend oder vornehm verschwiegen), und für jeden Bodenbelag stand die passende oder entsprechend unpassende Auswahl an Schuhwerk bereit: Stiefel, Stiefeletten, Herren- und Damenschuhe, zum Schnüren oder mit hohen Absätzen. Hinzu kamen Schwimmflossen, Raubkatzenpfoten, Hufeisenhufe, Schlangenetuis, glühende Kohlen und Gänsefüßchen.

Als es für Bert schließlich an der Zeit war, dem Studio den Rücken zu kehren und sich – einen von Zs Buchstaben im Gepäck – an einen Ort zu begeben, der Umherstreifende in Spaziergänger verwandelt, die, sind erst einmal Spaziergänger aus ihnen geworden, unaufgeregt auf eine Wunschlosigkeit zusteuern, lag demnach bereits eine ansehnliche Strecke hinter ihm. Mit urbanen Versatzstücken kommuniziert Bert hier draußen, wo Gehsteig und Fahrbahn zu einer uferlosen Fußgängerzone ineinanderfließen, allerdings, wenn überhaupt noch, dann bestenfalls erinnerungshalber. Beim Warten an einer Ampel, beim Überqueren eines Zebrastreifens, wenn ihm eine Straße zwei Himmelsrichtungen offeriert, wenn ein Kreisverkehr ihn dazu einlädt, alles noch einmal zu überdenken oder ein Geflecht von Nebenstraßen sich ob seiner voranschreitenden Verwirrung vor Lachen schüttelt. Versperrt Lambert ein Schlagbaum, den er im Dämmerlicht übersehen hat, den Weg, zweifelt er nicht einen Moment daran, dass ihm das Holz, aus dem sein Balken gefertigt worden ist, etwas mitteilen möchte – beispielsweise, dass es sich um eine Grenze handle und damit um eine geeignete Stelle, den Rückweg anzutreten.

*

Ein mageres Fingergelenk klopft behutsam auf Holz, Regentropfen fabrizieren Morsezeichen auf dem Blech der Dachrinne, bald stotternd, dann wieder einigermaßen flüssig. Jemand hustet, jemand gurgelt. Wind lässt einen undichten Fensterrahmen pfeifen. Irgendwo fliegt eine Tür zu, ein Rohr reagiert mit einem Pochen, was ein Heizkörpergehäuse zu einem Echo inspiriert. Eine Flasche wird abgestellt. Briefkästen scheppern hämisch. Nach wiederholten Anläufen überwindet sich eine Therme dazu, ihre Arbeit aufzunehmen.

Es gibt Tage, an denen das ganze Gebäude einem vorbeidonnernden Lastwagen schon mal mit einem Ruck antwortet. An diesem Morgen aber: nichts. Lambert fühlt sich erwacht und doch noch nicht im Zustand der Wachheit angekommen. Rundherum Stille. Nichts, um von ihm zur Kenntnis genommen zu werden, nichts, das auf ihn eindringt. Kein Klopfen, keine Morsezeichen, noch nicht einmal eine Klospülung. Als wäre die Zeit stehen geblieben. Lambert weiß zwar nicht, warum, aber er weiß, dass sein Körper, stiege er jetzt aus dem Bett, liegen bleiben würde, und Lambert weiß, glaubt zumindest zu wissen, dass das, was dann an seiner statt das Bett verließe, wohl so etwas wie sein eigenes Gespenst sein müsste. Eine Durchsichtigkeit, imstande, durch Hindernisse aller Art hindurchzugehen, aber eben auch körperlos und daher derart unbedeutend, dass kein Gegenstand, keine Tür, keine Wand es der Mühe wert fände, sich ihm in den Weg zu stellen.

Lambert greift mit beiden Händen in die Bettwäsche, klammert sich an ihren Stoff, kriegt diesen auch zu fassen – und schon ist die Welt aufgewacht, die Zeit wieder angebrochen oder war zuvor gar nicht wirklich stehen geblieben. Aber was hat diese unerträgliche Lautlosigkeit zu bedeuten? Nirgendwo Holz, das knackend atmet, kein Schlucken einer der Wände, noch nicht einmal das Geräusch von Feuchtigkeit, die in Mauerwerk eindringt. Sollte das Haus über Nacht verstummt sein? Hat es sich dazu entschlossen, den Rest für sich zu behalten? Lambert bekommt es mit der Angst. Er greift noch einmal in die Laken, diesmal so, als lasse sich ihnen auf diese Weise ein Ton abringen. Irgendein Geräusch, nur nicht nichts. Aber die Bettwäsche bleibt stumm. Die Zimmerdecke sagt nichts. Alle vier Wände schweigen. Lambert fühlt sich lebendig begraben, vorzeitig in einen Sarg gesteckt, der ganz aus Stille besteht.

Als seine Sehkraft nachzulassen begann – das muss Jahre her sein –, ist das bei Lambert auf eine fast schon sportliche Neugier gestoßen. Die gelegentliche Unauffindbarkeit eines bestimmten Begriffes oder Namens versteht es mitunter heute noch, ihm ein Schmunzeln abzuringen, und als er anfing, Dinge zu vergessen, ist Lambert das eine Zeit lang noch nicht einmal aufgefallen. Seine immer häufiger ermüdenden Beine, verbunden mit einem vorübergehenden Aussetzen der Kommunikation zwischen Oberkörper und unteren Extremitäten, stimmen ihn zwar regelmäßig nachdenklich, diese Nachdenklichkeit hat aber eher etwas von der Pragmatik eines Einbahnschilds, darauf bedacht, seine fortschreitende Vergesslichkeit daran zu erinnern, dass es sich beim Altern um einen nicht umkehrbaren Prozess handelt, der in eine einzige Richtung verläuft.

Dass sein Gehör schwächer werden oder gar ausbleiben könnte, ehe sein Lebensweg an ein ihm angemessenes Ende kommen würde, hat Lambert hingegen stets für ausgeschlossen gehalten. Funktioniert sein Gehör denn nicht wie ein organischer Verbrennungsmotor, darauf ausgerichtet, akustische Eindrücke in lebensspendende Energie umzuwandeln?

Anders als Augenlicht, Geruchs- und Geschmackssinn, Sprachvermögen und Gedächtnis – alles hervorragende Eigenschaften, die Lambert jedoch immer als *geborgt* empfunden hat –, anders als seine Beweglichkeit, von der er nur hoffen kann, dass sie ihn bis zum Schluss begleiten wird, hat Lambert das Gehör seit jeher nicht nur als existenzielle Kraft empfunden, als eine Form von Herzschlag, Puls oder Atmung, sondern als von ihm gemacht und gleichzeitig ihn ausmachend.

Soll das etwa ein Protest gegen Frau Hauptmanns unausgesprochene, um nicht zu sagen ungerechtfertigte Bestrafung sein? Handelt es sich um eine Folge der bei der Aussichtswarte verbrachten Nacht? Vielleicht ist aber auch der Golfball schuld an Lamberts Zustand.

Das muss es sein! Der Golfball hat Schaden angerichtet, hat etwas kaputt gemacht. Wie ein Geschoss ist er in Lambert eingedrungen, befindet sich nun in seinem Kopf und verstopft dort sämtliche Gehörgänge. Das hieße, dass da gar kein Kind gewesen ist, um den Ball aufzuheben, dass es sich bei dem Anrainer genauso gut um den Schützen gehandelt haben könnte und bei seinen angeblichen Beobachtungen um ein Ablenkungsmanöver – und Lambert ist prompt darauf hereingefallen, hat es geschluckt.

Am liebsten würde er vor Wut brüllen, unterdrückt dieses Bedürfnis jedoch aus Angst, sein eigenes Gebrüll nicht hören zu können und die Stille dadurch nur umso deutlicher zu spüren zu bekommen. Schlagartig wird Lambert klar, dass er sich damit selbst zum Schweigen gebracht hat, und gerade als sich alles in ihm zusammenzieht – als plane sein Organismus, sich in Form einer Implosion zu verabschieden –, ist da auf einmal ein Getöse.

Lambert hört wütendes Schnauben. Erst leise, dann lauter werdend tobt ein Gebrüll seinen vermeintlich stillgelegten Gehörgang entlang. Um sein eigenes Gebrüll kann es sich dabei nicht handeln, ist er doch, einen weiteren Hinweis auf seine Schwerhörigkeit fürchtend, stumm geblieben. Dieses Gebrüll ist vielmehr an ihn gerichtet, scheint ihn anzupöbeln – und schon weiß Lambert, aus welchem hässlichen kleinen Körper es nur dringen kann. Das ist das Gebrüll von Frau Hauptmanns Staubsauger – in Lamberts Ohren üblicherweise das Knurren eines übel gelaunten Käfers, der regelmäßig vorbeikommt, um mit seiner Haushälterin eine Spritztour zu unternehmen, nachdem er ihn schnell noch aus einem einfühlsamen Hörerlebnis auf den Teppichboden seines Alltags bugsiert hat. Dieses eine Mal jedoch fühlt Lambert sich von diesem Gezeter willkommen geheißen, zurück begrüßt und versichert, dass es zwar schlimm um ihn stehen mag, vorläufig allerdings noch nicht ganz so schlimm. Lambert würde gern zurückbrüllen, das Haushaltsgerät im gegenseitigen Gebrüll abklatschen wie einen Kontrahenten in einer Wettkampfpause. Eine Unsicherheit aber ist geblieben, und die rät ihm, vorerst noch von jeglichem Herumgebrülle abzusehen.

Lamberts Gehör hat einen Aussetzer gehabt, vorübergehend ist ihm die Fähigkeit abhandengekommen, die Welt mit Hilfe seiner Ohren wahrzunehmen, und irgendwie muss das mit dem Golfball in seinem Kopf zusammenhängen. Ob der bei einer bestimmten Neigung seines Schädels so zu liegen kommt, dass zwischenzeitlich alles dicht ist? Möglicherweise blockiert er aber auch einfach nur Lamberts Denken. Ungeachtet der darin verborgenen Absurdität wirft das zwei Fragen auf. Erstens: Wird Lambert in Zukunft seinen Kopf in einem bestimmten Winkel halten müssen, sofern er nicht riskieren will, gegen eine Wand des Schweigens anzulaufen? Und zweitens: Hat es in seinem Leben schon Situationen gegeben, in denen ihn sein Gehör im Stich gelassen hat?

Und ob es die gegeben hat. Lambert kann sich sogar an ein paar davon erinnern. Momente, in denen er auf der berüchtigten Leitung stand, unfähig einzusehen, dass es keinen hörbaren Unterschied macht, ob ein roter, ein blauer oder ein gelber Luftballon zerplatzt. Phasen der Verwirrung, geprägt von der Befürchtung, er werde sich nie wieder auf die für ihn wichtigste Sinneswahrnehmung verlassen können. Augenblicke voller Fragen, die ihm zu schaffen machten – zum Beispiel, ob eine Vase, will man das Geräusch ihres Zerbrechens in seiner Vollständigkeit mitbekommen, nicht mindestens zweimal herunterfallen müsste.

Als er noch Bert war, ist es ihm nicht schwergefallen, derartige Krisen zu überwinden. Bert hatte sich an seinen Techniker gewandt, seinen ganz speziellen Tonmann, oder dieser hatte das Gefahrenpotenzial einer bestimmten Sequenz bereits im Vorfeld erkannt und alles darangesetzt, sie an den entsprechenden Stellen zu entschärfen, ehe Bert sich davon durcheinanderbringen lassen konnte.

Beim Zerplatzen von Ballons verschiedener Farben gäbe es durchaus einen Unterschied, für das menschliche Ohr sei ein solcher allerdings nicht wahrnehmbar.

Und im Fall der Vase?

Darauf hätte Berts Toningenieur mit einer Gegenfrage reagiert, in etwa lautend, ob Bert denn allen Ernstes glaube, ein Gitarrenvirtuose käme auf die Idee, sein im Finale eines Konzerts stimmungsvoll zertrümmertes Instrument für eine Zugabe wieder zusammenzuleimen. Und hatte Bert – auch das war vorgekommen – einmal tatsächlich überhaupt nichts mehr gehört, hatte sein Mitarbeiter ihn, als wäre weiter nichts dabei, daran erinnert, dass Schnee beim Schmelzen nun mal keine Geräusche mache, dass die Sirene im Wäschekorb erst noch ans Stromnetz angeschlossen werden müsse, oder er hatte ihm – und das wird Bert, obwohl längst wieder nur noch Lambert, niemals vergessen – durch die gläserne Wand, die sie voneinander trennte, hindurch mit Handzeichen zu verstehen gegeben, dass sich von der vorangegangenen Sache mit der Rückkopplung noch Watte in seinen Ohren befinde.

*

Als Lambert sein Schlafzimmer verlässt und den Flur betritt, ist da allerdings weit und breit kein Staubsauger zu sehen. Auch das dazugehörige Gebrüll ist dermaßen abrupt verstummt, als leugne es, jemals zu hören gewesen zu sein. Frau Hauptmann trifft Lambert erst in der Küche, wo sie gar nicht mit Saugen, sondern mit Staubwischen beschäftigt ist – einer Arbeit, die sie bei seinem In-Erscheinung-Treten jäh unterbricht, um ihn anzublicken wie einen Patienten, dem doch ausdrücklich verschrieben worden sei, sein Zimmer vorläufig nicht zu verlassen. Ihre Tätigkeit wieder aufnehmend murmelt Frau Hauptmann ein paar Worte vor sich hin, von denen Lambert kein einziges versteht. Offenbar spöttische Bemerkungen, die ihr helfen sollen, sämtliche Küchengeräte darauf aufmerksam zu machen, dass *Herr Lambert* aussieht wie sein eigenes Gespenst. Sogar Frau Hauptmanns Staubwedel scheint belustigt. Ausgelassen wackelt er in ihren Fingern wie der Pompon einer in die Jahre gekommenen Revuetänzerin.

Lambert fühlt sich außerstande abzuschätzen, ob es sich dabei um die übliche Putzlaune seiner Haushälterin handelt (»Sieht aus wie ein Fall für die Wurzelbürste«), oder ob sie tatsächlich annimmt, mit ihm sei etwas Gröberes nicht in Ordnung. Ehe er sich aus der Küche zurückzieht, fällt ihm auf, dass einige Details von Frau Hauptmanns Alltagskleidung unter ihrem Arbeitskittel hervorblinzeln. Das Riemchen eines Büstenhalters über der Schulter, ein Gummizug unterhalb der Achselhöhle. Bestandteile einer verletzlichen Struktur, wie sie sich unter manch robust anmutender Oberfläche verbirgt.

Außergewöhnliche Umstände – und von einem Golfball das Gehör beschädigt zu bekommen, lässt sich getrost als außergewöhnlich bezeichnen – erfordern eben mitunter außergewöhnliche Maßnahmen. Dabei erscheint Lambert in einer Situation wie der seinen die Schlussfolgerung, kein anderer als sein ehemaliger Mitarbeiter wäre imstande, ihm aus einer derart misslichen Lage herauszuhelfen, allerdings gar nicht so außergewöhnlich. Von wem um ihn herum hat er denn einen hilfreichen Ratschlag zu erwarten? Von Frau Hauptmann mit ihrer einfältigen Logik des Einschüchterns und Wegwischens? Von Giovanni, dem nichts, das sich nicht frittieren lässt, eines Kommentars wert zu sein scheint?

Die Ratschläge seines Toningenieurs befolgend hatte Bert noch – verdammt – jedes Mal von dort zurückgefunden, wo er auf einer seiner Expeditionen ins Reich der Akustik gelandet war. Mit Ausnahme seiner letzten. Zugegeben. Dabei hat es sich allerdings auch um so etwas wie die Summe sämtlicher bis dahin von Lambert alias Bert eingeschlagenen Richtungen gehandelt.

Als außergewöhnlich lässt sich hingegen Lamberts Vorhaben bezeichnen, sich wirklich, also allen Ernstes, an Berts ehemaligen Partner zu wenden. Ebenso außergewöhnlich wie abwegig – dreist – und, nicht zuletzt, alles andere als einfach in die Tat umzusetzen. Aber: Hatte nicht ausgerechnet den Einschätzungen dieses *Mannes für den guten Ton* die Überzeugung zugrunde gelegen, dass er – das heißt natürlich Bert – zu Außergewöhnlichem in der Lage war, ja dass es sich bei Bert um so etwas wie einen Virtuosen des Außergewöhnlichen handelte?

Das Massaker am Red Globe

Vom *Massaker am Red Globe* werden einige schon einmal gehört haben. Abgesehen von ein paar Fachleuten dürfte allerdings den Wenigsten bekannt sein, weshalb ausgerechnet dieses Blutbad – wie es so schön heißt – in die Geschichte eingegangen ist.

Tatsächlich liegt das weder an der beispiellosen Brutalität, von der geprägt sich sein Verlauf zeigt, noch an einer Heldentat, die dieses Massaker vorzeitig beendet hätte. Berühmtheit erlangte das Massaker am Red Globe, weil Bert – zu einem Zeitpunkt, an dem sich jede einzelne mit diesem Massaker zusammenhängende Gräueltat noch in den Köpfen der Verantwortlichen befand – auf die Idee gekommen ist, eine Weintraube mit aller Kraft gegen die Wand seines Studios zu schleudern.

Akustisch kaum bearbeitet bildete die Aufnahme einer einzelnen zerplatzenden Beere, tausendfach vervielfältigt und in minimalen Abständen hintereinandermontiert, das Fundament einer Geräuschkulisse, die dem Publikum dabei half, sich vorzustellen, dass es sich bei den Maschinengewehren in den Händen der Männer auf der Leinwand um scharf geladene Waffen handelte. Wer beim Massaker am Red Globe zusah, war überzeugt davon, die wütende Hemmungslosigkeit des Krieges vor Augen und seinen jegliche Skrupel niedermähenden Soundtrack im Ohr zu haben. Mochte es sich bei dem Drahtzieher auch um einen Regisseur, bei dem tödlichen Arsenal um einen doppelten Boden und bei der Vermittlerin dieses Alptraums um die Filmindustrie handeln.

Red Globe ist demnach auch nicht der Name eines bestimmten Krisengebiets oder jenes Ortes, an dem alljährlich die Re-Inszenierung einer vermeintlich historischen Begebenheit stattfindet. Red Globe bezeichnet jene Traubensorte, auf welche Bert nach einer Phase des Herumprobierens (Konsistenz des Fruchtfleisches, der Schale, Anzahl und Größe der Kerne) als Munition zurückgriff, und die Metzelei verdankt ihre Bekanntheit nicht dem mangelnden Erbarmen von bis an die Zähne Bewaffneten, sondern dem Hervorrufen gewisser Geräusche mit gänzlich anderen Mitteln als jenen, die man üblicherweise damit verbindet. Mit gebührend Einfühlungsvermögen eingesetzt sorgen dieserart akustische Phänomene nämlich für einen Hintergrund, der dem, was man sich unter der Wirklichkeit vorstellt, verblüffend nahekommt.

*

Mit einem simplen Anruf – so viel steht fest – wird es nicht getan sein. Für einen Anruf mangelt es Lambert aber ohnehin an einer Nummer. Als er das Studio damals verlassen hatte, stand sein Sinn nicht unbedingt danach, eine Telefonnummer mitzunehmen. Eine, die aller Wahrscheinlichkeit nach heute sowieso nicht mehr aktuell wäre. Im Übrigen verfügt Lambert momentan nicht einmal über ausreichend Gehör für einen Routineanruf, geschweige denn für ein heikles Gespräch nach so vielen Jahren.

Im Internet zu recherchieren kommt für ihn ebenso wenig infrage. Lambert hätte die ganze Zeit über das Gefühl, sich hinterrücks anzuschleichen (ein Sack Zement wird aus ein, zwei Metern Höhe fallen gelassen).

Sich auch nur der Hilfe eines Computers zu bedienen, um eine Begegnung mit seiner Vergangenheit zu arrangieren, hält er nicht zuletzt in Anbetracht der Ereignisse rund um das Ende seiner Laufbahn als Bert für unpassend, im Grunde genommen sogar für geschmacklos. War er es nicht, der prophezeit hatte, dass die Umarmung eines Menschen und eines Computers früher oder später in einem Würgegriff enden würde?

Wenn Lambert sich an Berts Toningenieur erinnert, sitzt dieser zumeist in seiner gläsernen Box – dem einzigen Bereich, der während der gemeinsam verbrachten Zeit von Bert unberührt geblieben ist – und konzentriert sich auf die Armaturen an seiner Aufnahmeapparatur. Isoliert von der Umgebung, den Hintern auf der Sitzfläche eines ergonomischen Stuhls, seine Gehörgänge in Stereokanäle verwandelt und durch Kabel mit dem technischen Innenleben von Berts Studio, bei dem es sich in Wahrheit um ihrer beider Studio (»*unser* Kinderzimmer«) gehandelt hat, verbunden.

Ob er nach wie vor in der Branche tätig ist? Aber als was? Als *Berts ehemaliger Mitarbeiter*? Als Veteran einer Aufnahmetechnik aus der guten alten Zeit – seine beiden, mittlerweile hoffnungslos zerfetzten Ohren unter den Halbkugeln eines Kopfhörers verborgen? Zusammen hatten diese einst eine Welt ausgemacht, einen ganzen Planeten, der eines Tages auseinanderbrechen musste. Zumindest wären Berts Toningenieur dadurch die Schattenseiten einer Rückkehr zu seinem früheren Ich erspart geblieben oder, wie in *Berts* Fall – als ob der Demütigung nicht schon genug –, die Ernüchterung, sich diesem Ich wieder *anschließen* zu müssen.

Indem er sich weigerte, das Studio zu verlassen, konnte Berts ehemaliger Partner auch gar nicht erst in Versuchung kommen, ihn in die Vororte zu begleiten. Zunächst mag Lambert das nicht verstanden, mag er das sogar bedauert haben, nunmehr muss er sich allerdings die Frage gefallen lassen, ob von einem Toningenieur, der die ganzen letzten Jahre hier draußen bei ihm verbracht hätte, heute wohl ebenfalls noch ein außergewöhnlicher Tipp zu erwarten wäre.

Viel eher hätte eine Gegend, die Bert den Streuner ohne viel Aufhebens in Lambert den Spaziergänger verwandelt hat, diesen auf technische Belange spezialisierten Mann zu einer weiteren Verkörperung der Stille gemacht.

So gesehen hat Berts Mitarbeiter gut daran getan, an einem Ort festzuhalten, an dem die Regeln vorschreiben, eine ganz bestimmte Form von Krach zu schlagen – und für Lambert gilt es nun, an genau diesen Ort zurückzukehren. Hat die Strecke zuletzt denn nicht ganz von allein angedeutet, dass sie unter bestimmten Umständen bereit sei, selbst die Führung zu übernehmen? In diesem Fall gäbe es ein Hindernis weniger, das Lamberts Wunsch, die Umfahrungsstraße zu überqueren und Z einen Besuch abzustatten, bisher so unerfüllbar hat erscheinen lassen. Auf der anderen Seite der Umfahrungsstraße – darin ist Bert sich sicher – führen zweifellos sämtliche Wege zu Berts ehemaligem Studio, wie Blutbahnen entweder auf die Herzkammer zu oder von dieser weg verlaufen. Was natürlich nicht bedeutet, dass Lambert einfach so als derjenige wird zurückkehren können, als der er vor soundso vielen Jahren von dort weggegangen ist. Und überhaupt: Selbst wenn es ihm gelingen sollte, seinen ehemaligen Mitarbeiter aufzutreiben – aus welchem Grund sollte dieser ihm weiterhelfen? Immerhin war es Lambert, der sich – damals noch Bert – aus ihrer Partnerschaft und bald darauf aus der gesamten Branche rund ums Geräuschemachen zurückgezogen hat. Übrigens nicht ohne all jenen, die es für besser hielten, sich an etwas festzuklammern, dessen Zeit ein für alle Mal vorbei war, wenigstens Bert vorbei zu sein *schien*, ihre ganz persönliche Katastrophe prophezeit zu haben.

Weshalb sollte ein zurückgelassener, ein durch Berts Ausstieg vielleicht sogar um das, was die Zukunft – zumindest seiner eigenen Einschätzung nach – noch so alles für ihn bereitgehalten hätte, gebrachter Toningenieur Lambert nach so vielen Jahren willkommen heißen, geschweige denn ihm einen Ratschlag der von früher her gewohnten Qualität erteilen? Etwa um der alten Zeiten willen? Etwa weil Lambert mit jenem Bert inzwischen bestenfalls noch verbindet, dass er ihn früher einmal verkörpert hat? Aufgrund ihrer beider, Lamberts und Berts, eigenen, ganz persönlichen Katastrophe?

Nicht wirklich überzeugende Argumente, ungeeignet, jene Ewigkeit, die Bert inzwischen wieder als Lambert verbracht hat, weniger lang erscheinen zu lassen, kein Grund, um deswegen an der schalldichten Studiotür der Vergangenheit anzuklopfen. Was Lambert benötigt, ist etwas, womit sich diese Tür öffnen ließe, etwas, in dem sich ein bisschen von früher gespeichert fände, das möglicherweise selbst ein Teil dessen wäre, was einmal gewesen ist – geeignet, seinen ehemaligen Mitarbeiter zu berühren, eine Verbindung zu ihm herzustellen … das vielleicht sogar – aber, Moment, bei dem Wort *gespeichert* geht irgendwo in Lambert ein Licht an, beginnt etwas zu leuchten wie bei einer Apparatur, die in Betrieb genommen wird. Er weiß, dass sich unter seinen Sachen so etwas befindet, wenigstens befinden müsste.

Dabei handelt es sich um etwas, das im Grunde immer da war, das seit einer Ewigkeit irgendwo in ihm verborgen liegt und geduldig auf eine Begründung wartet, hervorgeholt zu werden. Etwas, mit dem im Gepäck Lamberts

Rückkehr nach Z eine zusätzliche Bedeutung bekommen würde. Etwas mit dem Potenzial einer Eintrittskarte, das aber genauso gut – Schwerhörigkeit hin oder her – als respektables Gastgeschenk durchgehen würde, unter Umständen sogar als Gegenstand einer längst fälligen Rückgabe zwecks Versöhnung, für die Lambert – wie bitte? – so oder so nicht mehr unbegrenzt Zeit bleibt.

*

Mit dem Aufgehen der Kellertür fällt zunächst ein Lichtschein auf drei Spielfiguren – jede in einer anderen, jede in ihrer eigenen Farbe –, die unbeeindruckt auf dem Gehäuse einer ausgebrannten Mikrowelle stehen und hölzern wirken. Befände sich unter ihrer jeweiligen Farbschicht allerdings auch nur ein Funken Lebendigkeit, würde es sich bei ihnen beispielsweise um die Herren *Grün*, *Dunkelgrün* und *Violett* handeln, und bei dem, worauf sie stehen, nicht um ein allem Anschein nach nicht mehr funktionstüchtiges Küchengerät, sondern, sagen wir, um eine Aussichtsplattform, dem bevorzugten Ziel ihrer regelmäßigen Spaziergänge, wären diese drei Herren wohl einigermaßen überrascht. Sie wären überrascht, weil Bert sein unterirdisches Reich wieder einmal mit seiner Anwesenheit beehrt.

Seit Lambert aus ihm geworden ist, hat er auch nicht unbedingt vorgehabt, je wieder hier herunterzukommen. Falls überhaupt noch einmal jemand einen Blick in sein Kellerabteil werfen würde, dann – das hat Lambert zumindest angenommen –, um auszusortieren, was von dem Krempel, der von seiner aktiven Zeit übrig geblieben ist, noch zu gebrauchen wäre.

Der Lampenschirm gleich neben der Tür etwa könnte nach wie vor seinen Zweck erfüllen, wenn auch wahrscheinlich nicht den gleichen wie für Bert, dem er einst dazu gedient hat, eine Schar Apachen auf Kriegspfad zu schicken. Die Kriegskunst der Apachen weiß ganz einfach niemand mehr zu schätzen! Die verbeulte Schubkarre dürfte es sogar noch schwerer haben, je wieder irgendwen auf sich aufmerksam zu machen. Dabei hatte sich Bert ihr Fassungsvermögen alljährlich zunutze gemacht, um es so klingen zu lassen, als kippe ein Christbaum stilgerecht in die Bescherung – heutzutage fallen Feste aber nun mal anders.

Zurück zu den Herren Grün, Dunkelgrün und Violett. Obwohl lose Figuren ohne Spielfeld und Spielregeln geben sie sich der Illusion hin, eines Tages wieder jemanden in einem Wettkampf zu vertreten. Bis es so weit ist, verbringen sie ihre Zeit damit, zur Mikrowelle zu spazieren und zu beobachten, was geschieht. Sie wissen selbstverständlich, dass es Bert war, der ihnen ihre Herkunft – ein Set, bestehend aus verschiedenen traditionellen Brettspielen – genommen und sie hier unten in eine schier endlose Nacht verbannt hat, und doch begreifen sie sich in gewisser Weise als Mitglieder seiner Mannschaft. Schließlich ist es derselbe Bert, der mit seinem Erscheinen hier unten zur Abwechslung wieder einmal einen Tag anbrechen lässt, und während sich die spärliche Beleuchtung damit abplagt, so viele Regale, Schränke und Kisten wie möglich zu erfassen, schauen die Herren demjenigen, der sie vor einer Ewigkeit auf die Ersatzbank gesetzt hat, dabei zu, wie sein Blick die Runde macht.

»Ein Spieler, überzeugt davon, ohne Anleitung auszukommen«, würde Herr Grün möglicherweise sagen, und Herr Dunkelgrün ergänzen: »… und dann nicht einmal weiß, wo es an den Start geht«, was Herr Violett wiederum, leicht beunruhigt, mit den Worten kommentieren würde: »Hoffentlich vergeht ihm nicht die Lust, die Partie zu beenden«, um die beiden anderen Herren daran zu erinnern, dass manch einer, die Niederlage vor Augen, das Spielfeld schon mal mit einer simplen Handbewegung abräumt.

Lambert bildet sich übrigens allen Ernstes ein, die drei hölzernen Spielfiguren auf der Mikrowelle miteinander tuscheln zu hören. Da er sich ausgerechnet auf sein Gehör im Moment aber lieber nicht verlassen möchte, sagt er sich, das Getuschel komme wahrscheinlich von irgendwo aus seinem Inneren und schenkt der ganzen Sache keine weitere Beachtung. Stattdessen öffnet er wahllos Kartons und Kästen, schaut in Fächer, unter Decken und in Laden, bis er auf die Schachtel mit den Jagdmotiven stößt, in der früher einmal sämtliche von Berts Ausflügen ins Gehölz ihren Ausgang genommen und auch wieder geendet haben.

Während andere Menschen allerlei für den Fasching oder für Ostern in einem Karton aufbewahren, hatte Bert sich eine Sammlung verschiedener Materialien angelegt, die miteinander verbindet, dass ihr Ursprung irgendwo im Wald liegt. Seltene Hölzer, moosbewachsenes Gestein, Blätterrauschen, Käferreste, Kristalle, Eidechsenhaut, ein Vogelnest und ein altmodisches Portemonnaie mit Druckverschluss, um zwischendurch wie unabsichtlich auf einen am Boden liegenden Zweig zu treten. Wer seinen Kopf in diese Schachtel hielt, konnte darin das Gras wachsen oder eine Spinne ihr Netz weben hören. Ein Sammelsurium, das in seiner Vielseitigkeit darauf ausgerichtet war, die Kamera bei jedem noch so schonungslosen Zoom ins Dickicht zu begleiten.

Bereits zu diesem Zeitpunkt könnten die Herren Grün, Dunkelgrün und Violett einander beglückwünschen, dass sie auf ihren Spaziergängen – oder sollte es etwa stets derselbe Spaziergang sein? – jedes Mal auf dieser Aussichtsplattform landen. Allein schon was sie in den letzten Minuten von der Mikrowelle aus zu sehen bekommen haben, war mehr als alles, was sich seit langer, langer Zeit hier unten abgespielt hat – die *Kreatur*, die aus unerfindlichen Gründen gelegentlich hier einzudringen versucht, ebenso miteingerechnet wie das eine oder andere Unwetter, das einem im Souterrain ganz schön in die hölzernen Glieder fahren kann, und, nicht zu vergessen, der im Verlauf eines solchen Wetters bedenklich ansteigende Grundwasserspiegel. Nichts, verglichen damit, was hier gerade abgeht, scheint es den dreien doch erneut (oder muss es heißen *endlich*) gelungen zu sein, Lamberts Aufmerksamkeit auf sich zu ziehen, wie sie da auf dem ausgebrannten Gehäuse einer Mikrowelle stehen, als handle es sich dabei um ein – dieser Vergleich könnte von jedem der drei farbigen Herren stammen – Floß ohne Steuermann.

Tatsächlich ist es jedoch die Mikrowelle, die Lamberts Aufmerksamkeit erregt. Angesichts ihres Gehäuses inklusive der Figürchen obendrauf – für ihn farblich markierte Laborratten, die intelligent oder leichtsinnig genug waren, im Dunkeln ihr Labyrinth zu verlassen – ist Lambert der erste und gleichzeitig letzte Besuch seines Vaters bei ihm eingefallen.

Die Talentprobe

Lamberts Abstieg in das Kellerabteil nicht unähnlich, ist sein Vater damals nicht ganz freiwillig zu ihm gekommen. Lambert wiederum hatte allerhand Vorbereitungen getroffen – das Backblech, das Radio, Alufolie, Silberpapier. Er hatte eingekauft: zwei Stück Leber, Semmelbrösel, Salat, Karotten, und sobald seinem Vater aufgefallen war, was da alles bereitlag, hatte es kurz so ausgesehen, als halte etwas Heiteres Einzug in sein ansonsten durchwegs ernstes Gesicht. Eine vorübergehende Beleuchtung – einem Sonnenstrahl vergleichbar, der eine Skipiste überquert –, und doch ausreichend, um Lambert einen Blick auf die väterlichen Gedanken zu gestatten. Diese standen ganz im Bann eines Rätselratens, hatte der Vater doch nicht die leiseste Ahnung, weshalb er von seinem Sohn zu sich gebeten worden war.

Lamberts Vater wusste lediglich, warum er die Einladung angenommen hatte: um darüber zu sprechen, wann und unter welchen Bedingungen sein Sohn in das von ihm gegründete und aktuell florierende Unternehmen, genannt *Die Holzarbeiter*, einsteigen würde. Ein Betrieb, der sich – der Name verriet es – auf recht simple Art und Weise einem bestimmten Material widmete.

Sollte sein Sohn es tatsächlich für notwendig erachten, eine Mahlzeit zuzubereiten? Etwa zwecks Geselligkeit, wie andere Geschenke austauschen, rauchen oder eine Flasche öffnen? Warum tat er das dann nicht wenigstens in der Küche, von deren Ausstattung ausgehend sich ein allfälliges Gespräch mühelos auf das dafür verarbeitete Holz hätte bringen lassen? Tatsächlich hatte bisher nicht allzu viel auf ein Interesse seines Sohnes an diesem Material gedeutet. Eine etwaige Neigung fürs Kochen war dem Vater aber ebenso wenig aufgefallen. Und dann noch dazu Leber? Innereien? Warum konnte es nicht etwas Vegetarisches sein? Und – allen Ernstes – warum im Wohnzimmer?

Der helle Schimmer war mittlerweile aus dem väterlichen Gesicht verschwunden. Er hatte es zügig überquert und es im Anschluss daran wieder der gewohnten Dämmerung überlassen, spätestens als Lamberts Vater begriffen hatte, dass sein Sohn, was immer er im Schilde führen mochte, über einen nicht unerheblichen Vorteil verfügte. Schließlich befanden sie sich in seiner Bude, innerhalb der Zuständigkeit seiner Gastfreundschaft und nicht etwa dort, wo seine Eltern ihn mit allerhand Mühe großgezogen hatten.

Mit einem Mal schien das kulinarische Instrumentarium eine andere Sprache zu sprechen, schielte weder auf ein Dankeschön für jahrzehntelange Verköstigung, genügte sich aber auch nicht länger als Hinweis auf ein unterhaltsames neues Hobby. Was der Vater sah, buchstabierte in umständlicher Manier, wie Spuren am Tatort eines noch nicht verübten Verbrechens, dass sein Sohn gar nicht daran dachte, in den Familienbetrieb einzusteigen. Weder würde er dem Marketingkonzept einen zeitgenössischen Anstrich verpassen noch die Warenpalette um ein innovatives, auf seine Generation zugeschnittenes Produkt erweitern. All das las Lambert in den Gedanken seines Vaters, und er las dort auch, dass sein Erzeuger, der Anführer der *Holzarbeiter*, mit so etwas nicht gerechnet hatte, nicht, bis es denn nun so weit hatte kommen müssen.

Hielt ein Betrieb, wie der Vater ihn im Schweiße seines Angesichts aufgebaut hatte, etwa keine vielversprechende Zukunft für einen jungen Mann bereit? Eine Zukunft, die, sobald sie angebrochen wäre, daran erinnern würde, dass jemand sich nicht ausschließlich der Gegenwart verpflichtet gefühlt hat?

Inzwischen hatte Lambert seinem Vater einen Platz angeboten, und sobald der Vater saß, vernahm er auch schon den behutsamen Anschlag einer Fingerkuppe auf dem Backblech, womit eine Verbindung zwischen Material und Mensch hergestellt schien. Ein erster Kontakt, von dem ausgehend einer sich rege entfaltenden Kommunikation nichts mehr im Wege stand. Stetig zogen Lamberts Finger, die offenbar mit Backpapier umwickelt waren, Bahnen über das Blech, setzten fallweise ihre Nägel ein, was ein beständiges Kratzen und an den Rändern eine Art

Scheppern erzeugte, wie … der Vater musste nicht lange überlegen: wie eiserne Kufen, die immer wieder gegen eine Bande schlugen. Zu diesem Zeitpunkt war sein Unverständnis bereits weitgehend wehrlos und im Begriff, einem an Kolorit und Schärfe, an Plastizität und an Geruch hinzugewinnenden, einem sich allmählich vervollständigenden Bild Platz zu machen. Hätte er es nicht besser gewusst, er hätte schwören können, sich in unmittelbarer Nähe eines Eislaufplatzes zu befinden. In seinem Rücken liefen Menschen Schlittschuh, glitten Paare mit ineinander verschränkten Armen einer neben dem anderen dahin, änderten Wichtigtuer unvermutet die Fahrtrichtung, knallten Anfänger ungebremst in die Umzäunung.

Der linken Hand eines Pianisten auf einer Tastatur vergleichbar stabilisierten Lamberts regelmäßige Bewegungen, indem sie den Rhythmus aufrechterhielten, das Gerüst dieser Vorstellung. Fingernägel und Papier schliffen übers Blech, während Lamberts Rechte seiner Linken Semmelbrösel in den Weg streute, um mehrere Fahrstile und unterschiedliche Stufen der Könnerschaft daraus zu machen. Ein mittels Salat hervorgerufenes, stellenweise dumpfes Knistern klang nach dem zerpflückten Gemurmel Vorbeifahrender. Im Hintergrund versuchte es jemand – sicherlich eine junge Dame – mit einer kunstvollen Pirouette. Dann wieder Gesprächsfetzen, Alu, Silberpapier, das Gebell eines Hundes, der nicht aufs Eis durfte oder sich bloß nicht traute, zwischendurch Musik, die aus dem Radio kam, dessen Lautstärke Lambert in unregelmäßigen Abständen einen Moment lang anhob. Mittlerweile meinte der Vater, die trockene Kälte an einem Winternachmittag zu spüren. Er roch den Zimt im Glühwein, der an einem Kiosk ausgeschenkt wurde, vermischt mit dem Aroma von etwas Kandiertem und zwang sich regelrecht, nicht hinzuschauen – vielleicht ja, um den Zauber dieser so eindrucksvollen akustischen Illustration nicht zu zerstören. Körper berührten einander, ein Mensch fiel hin – das musste die Leber, das musste der Anfänger sein –, Kinder wurden von Erwachsenen angesichts ihrer Leichtsinnigkeit zur Vorsicht ermahnt. Lamberts linke Hand hielt den Betrieb am Laufen, sorgte dafür, dass weder die gute Laune noch der Bewegungsdrang versiegten. Verließ einer, eine das Eis, betrat es stattdessen jemand anderes. Alle taten dasselbe, niemand verhielt sich dabei gleich. Schließlich stürzte wieder jemand, diesmal brutal – aus dem Radio war ein anspornender Aufruf erfolgt –, die Leber schlug hart gegen das Blech, Knochen brachen – die Karotten? –, Kleidung riss, Kleingeld klimperte, jemand übergab sich – zu viel Glühwein? –, und der Vater hielt es nicht mehr aus. Er fuhr herum und sah seinen Sohn an, der, einen versonnenen, beinahe erleuchteten Ausdruck im Gesicht, seinen Blick in eine andere Welt gerichtet hatte, wahrscheinlich in eine, in der es sich bei dem Backblech tatsächlich um einen Eislaufplatz handelte, Lamberts Finger mehrere Menschen verkörperten und immer wieder neue hervorbrachten, eine Welt, in der sein trickreicher Umgang mit dem, was vermeintlich eine Speise hätte werden sollen, für allerhand Vergnügen und Dramatik sorgte. Mit dem Hinschauen des Vaters, mit seinem unaufgeforderten Sich-Umdrehen, war all das zu Ende, war jener Ausdruck, den er noch nie im Gesicht seines Sohnes gesehen hatte – und auch nur einmal sehen sollte –, aus diesem verschwunden. Lambert erschrak, hielt inne, und jeder einzelne Gegenstand, jede Substanz verwandelte sich, als wäre ein Zauber davon genommen, wieder in ein alltägliches Utensil, in jene vermeintliche Zutat, die zu sein sie ursprünglich den Anschein erweckt hatte. Die Eisfläche wurde zu einem Backblech, die Tücken des Terrains zu Semmelbröseln, die Knochenfraktur zu zwei Stücken einer

Karotte. Das Flüstern der Frischhaltefolie war verstummt. Alles sah aus, wie es zuvor ausgesehen hatte, mit dem Unterschied, dass es jetzt Teil einer ziemlichen Sauerei war. Lambert hatte etwas erschaffen, von dem nichts übrig geblieben war, nicht einmal etwas, um es zu verspeisen. Nur Unordnung, Chaos. Eine Erkenntnis, die sein Vater in all seiner Fassungslosigkeit gerade recht kam. Etwas in ihm wollte den Sohn beglückwünschen, wollte aufspringen, applaudieren, hätte ihn am liebsten an den Handgelenken gepackt – Lamberts Finger trieften ja noch von dem … nun ja … vom abrupt geschmolzenen Eis – und ihm feierlich versprochen, der einstweilen noch von ihm geleitete Betrieb werde – Holz hin oder her – einen speziellen Fond einrichten, um sein außergewöhnliches Talent zu fördern. Etwas anderes im Vater suchte indes verzweifelt nach einem wie auch immer gearteten Vorwurf, sei es einer aus der holzverarbeitenden Industrie oder aus dem Regelwerk des vorbildlichen Sohnes. Dieselbe Darbietung, die es verstanden hatte, ihn mit ihrem Einfallsreichtum und ihrer Illusionskraft zu beeindrucken, hatte einen erbitterten Gegner seines Sohnes aus ihm gemacht. Einen Gegner, der nicht bereit war, sich von faulem Zauber verführen zu lassen, von einer Fadenscheinigkeit, die es darauf abgesehen hatte, zu täuschen. Aus dieser Perspektive erinnerte ihn Lamberts Fingerfertigkeit an die eines Taschendiebs, eines Trickbetrügers. Warum ein solches Trugbild hervorrufen, anstatt auf den Winter zu warten und einen Eislaufplatz aufzusuchen, wenn es denn unbedingt sein müsse?

Bis zu dieser Aussprache, die ohne ein Wort ausgekommen war, hatte der Vater im schlimmsten Fall mit der einen oder anderen riskanten Idee seines Sohnes in Bezug auf eine Neuorientierung des Betriebs gerechnet, mit dem dreisten Wunsch, direkt in der Chefetage einsteigen zu dürfen. Für diesen Fall hatte er ein paar unwiderstehliche Weisheiten aus der Holzbranche mitgebracht. Nun aber sah er sich mit der Demonstration eines Talents konfrontiert, das eine bis dahin ungeahnte Begeisterung in ihm hervorrief. Eine Begeisterung, die ihn gleichermaßen faszinierte wie beängstigte, die jedoch – etwas in der Art lag unüberhörbar in dem mittlerweile stummen Durcheinander – seiner Empörung mehr Gewicht verlieh als jedweder Form von Genugtuung. Schließlich konnte sich diese Empörung auf eine Geschichte von Vater und Sohn, auf die Erfolgsstory hinter einem Unternehmen berufen. Ein aus dem Nichts hervorgegangenes Staunen hingegen hatte dem nichts Vergleichbares entgegenzusetzen.

Von dem Augenblick an, da er dieses Staunen abgelegt hatte, dürfte der Vater davon überzeugt gewesen sein, dass ein Betrieb wie der, den er unter Aufbieten all seiner Kraft zum Laufen gebracht hatte, vor jemandem wie seinem Sohn geradezu beschützt werden müsse. Damit nicht genug, Lambert meinte sogar begriffen zu haben, warum sein Vater sich, was seine Nachfolge betraf, so lange etwas vorgemacht hatte: weil er ihm die Chance hatte einräumen wollen, sich ganz von allein als ungeeignet zu erweisen. Das war Lambert hiermit auf eindrucksvolle Weise gelungen.

Nachdem der Vater seine Wohnung ohne einen Gruß verlassen hatte – eine Wortlosigkeit, die sowohl zur Begeisterung wie zur Empörung zu passen schien –, beschloss Lambert, fortan nicht mehr damit zur rechnen, dass dieser seinem Talent auch nur die geringste Beachtung schenken würde. Für ihn war das gleichbedeutend mit einer unwiderruflichen Abkehr. Die gesamte Brillanz, die seine Begabung zu entfalten vermochte, diente in den Augen seines Vaters offenbar allein dazu, über etwas ganz und gar Ungehöriges hinwegzublenden. Gleichzeitig überkam Lambert aber ein Gefühl, als hätte er seinem Vater das Rückgrat gebrochen, und das seiner Mutter gleich mit dazu, schien das Rückgrat seiner Mutter doch untrennbar mit dem seines Vaters verbunden (ein-, zweimal mit dem Fuß kräftig gegen zwei Styroporplatten mittlerer Stärke getreten).

*

Zurück in seinem spärlich beleuchteten Kellerabteil beschließt Lambert, sich, anstatt in Erinnerungen zu schwelgen, darauf zu besinnen, weshalb er hier herabgestiegen ist. Er hat das getan, weil sich irgendwo unter diesen unzähligen Gegenständen etwas befindet, das imstande sein müsste, ihn nach Z und, auf dem Weg dorthin, in seine Vergangenheit zurückzubegleiten. Warum das ausgerechnet hier unten zu finden sein soll, ist eine lange Geschichte, der über einen eigenen, wenn auch streckenweise parallel verlaufenden Pfad auf den Grund zu gehen wäre. Im Moment spielt das aber keine so große Rolle, kann vorläufig noch *aufgerollt* bleiben, um, sobald die Zeit dafür gekommen ist, die Route vorzugeben wie einer jener seidenen Fäden, an dem alles hängt.

Lambert weiß zwar, was er sucht, und er weiß, dass es hier irgendwo ist, was er allerdings nicht weiß, ist, ob es sich von ihm finden lassen wird. Dazu sind, seit er das Studio verlassen hat, zu viele Brücken abgebrochen, Vorhänge zugezogen, dazu ist zu viel Vergangenes in Kartons verstaut und in Folie eingewickelt worden.

Ausgehend von der Patina der Schachtel mit den Jagdmotiven hat Lambert allerdings schon mal Berts Witterung aufgenommen, und von diesem Moment an soll es keinem noch so erinnerungsträchtigen Gegenstand mehr gelingen, ihn von dieser Fährte abzubringen. Weder dem Spielzeugpfeil, den Lambert beiseiteschiebt, um der Schachtel mit dem Wald mehr Platz zu machen, noch dem

Boxhandschuh oder der Fahrradpumpe. Eine von Berts Spezialitäten hatte darin bestanden, mit nichts als dieser Pumpe eine Aufzugskabine so überzeugend zwischen zwei Stockwerken auf und ab zu schicken, dass viele allein beim Zuhören das Bedürfnis verspürten, ein- oder auszusteigen. Ein paar Quadratzentimetern Luftpolsterfolie, wie von der dort hinten in der Ecke, hätte Bert hingegen mit nur einer Hand das Stakkato eines Zweitaktmotors abgerungen, eines Auspuffs, der … aber … unter dieser Folie verbirgt sich etwas sehr viel Interessanteres, etwas, dessen Anblick Lambert unverzüglich ins Hier und Jetzt zurückholt. Ein vertrauter Umriss, zwei anmutige Halbkreise, vollendete Ausbuchtungen, die herausragen und einer an sich schlichten Oberkante etwas Unwiderstehliches verleihen. Was sich da in der Ecke seines Kellerabteils wie das in trübem Eis erstarrte Relikt einer vor Langem zu Ende gegangenen Epoche vom Boden abhebt, ist niemand, vielmehr *nichts* anderes als die DX.

Die DX-8-80T, wie sie mit vollem Namen heißt, jenes legendäre Aufnahmegerät, dem kaum eine Atempause vergönnt war, während Bert seiner Beschäftigung, die gleichzeitig seine größte Leidenschaft genannt werden konnte, nachging. Windmühlenrädern vergleichbar symbolisierten ihre mächtigen, sich tage- und nächtelang drehenden Tonbandspulen den Antrieb hinter Berts schöpferischer Tätigkeit. Technisch ausreichend versiert, um das, was Bert hervorbrachte, den Wünschen eines unvoreingenommenen Publikums entsprechend aufzubereiten, diskret genug, um keinen Blick zuzulassen. Schließlich hätte manches von dem, was Bert und sein Mitarbeiter taten, Neugierige womöglich verunsichert, und wenn nicht verunsichert, dann Bert zufolge zumindest enttäuscht, ihrer beider Schaffen in jedem Fall um den Aspekt des Geheimnisvollen gebracht.

Nachdem Lambert die DX von ihrem auf ein Minimum an Sicherheit bedachten Schleier befreit hat, stellt er fest, dass sich nach wie vor Magnetband auf ihren Spulen befindet. Es ist allerdings nicht eingelegt, durchläuft also nicht den hinter einer Blende verborgenen Bereich mit der Aufnahme- und Abspielvorrichtung. Eines der Enden hängt lose herunter. Keine Energie der Welt wäre in der Lage, es jetzt zu befördern. Lambert starrt auf eine gekappte Verbindung. Der Anblick des gerissenen Magnetbands lässt ihn nachdenklich werden. Käme jemand auf die Idee, die DX in diesem Zustand in Betrieb zu nehmen, würde sich eine der beiden Spulen sinnlos zu drehen beginnen. Erst der entsprechende Widerstand von anderer Seite brächte ausreichend Zurückhaltung auf, um ein Miteinander in Gang zu setzen.

Es ist die DX, in deren Begleitung Lambert nach Z aufbrechen wird. Es gibt keinen Grund mehr, zu tun, als hätte seine Suche nicht von Anfang an ihr gegolten. Weshalb die DX ausgerechnet in seinem Kellerabteil gelandet ist, weiß Lambert hingegen tatsächlich nicht mehr so genau. Ging es darum, die Chance zu verringern, dass der für Berts Arbeit charakteristische Sound eines Tages aus dem Studio eines anderen erklingt? Vielleicht legt Lambert aber auch gar keinen so großen Wert darauf, sich daran zu erinnern. Was er weiß ist, dass er die DX damals mitgenommen hat, anstatt sich zu verabschieden. Als er daran denken muss, berührt seine Hand jedoch bereits den Lichtschalter, und ehe Lambert die Tür zu seinem Kellerabteil schließt, hat die Dunkelheit den Herren Grün, Dunkelgrün und Violett jene Identität, die ihnen ein bestimmter Blickwinkel vorübergehend verliehen hat, wieder genommen, ganz einfach, weil, solange es dunkel ist, niemandem einfallen würde, sie für etwas anderes zu halten als das, was sie allem Anschein nach einmal gewesen sind.

Bei Giovanni's geht die elektrisch gesteuerte Tür für alle mit derselben Geschwindigkeit auf. Wer immer dort etwas isst, besser gesagt, etwas *verdrückt*, fühlt sich seiner Umgebung näher. Als habe er sich ein Stückchen von ihr einverleibt. Unmittelbar bei der Unterführung gelegen ist Giovanni's aber auch weit und breit der einzige Ort, an dem etwas Essbares angeboten wird. Getränke hat Giovanni ebenfalls vorrätig. Stille, sprudelnde, alkoholische, Energie spendende und eisgekühlte, die allesamt von einem Automaten ausgespuckt werden. Was die Gerichte betrifft, reicht Giovannis Speisezettel von diversen qualitativ minderwertigen Fleischwaren, faschiert, verwurstet, geflügelt, bis zu Schokoriegeln, Pizzaschnitten und Salzstangen. Darüber hinaus finden sich in seinem Sortiment Wunderbäume, Sprays gegen Rost, Starthilfen, Straßenkarten und Zündkerzenreiniger, Eisschaber, Polituren für Holzimitate sowie Parkscheinetuis mit Aufschriften wie *Gu(r)te Fahrt* oder *Ich parke also bin ich*. Die nicht für den Verzehr vorgesehenen Produkte sind keineswegs zufällig unter diejenigen geraten, die Giovanni und seine Gäste die *kulinarischen* nennen – sie sind von früher übrig geblieben. Früher einmal ist Giovanni's eine Tankstelle gewesen. Wegen des Ausbleibens der Motorkundschaft hat Giovanni allerdings eines Tages das Getriebe gewechselt und ein Zentrum rund um die Autopflege in einen Treffpunkt rund um preiswerte Snacks verwandelt, die er auf Wunsch frittiert, ohne lästige Fragen zu stellen.

Was immer die Leute ihm geben, Giovanni umhüllt es mit einem Brei aus Mehl, Eiern, Salz, Pfeffer und Leichtbier, den er in einem schier bodenlosen Plastikeimer mit der verblichenen Aufschrift *Verputzprofi – innen* aufbewahrt, und wirft es, nachdem diese simple Umarmung jegliches individuelle Aussehen hat verschwinden lassen, in den Schlund seiner Fritteuse. Ruft jemand ihn hinter seiner mächtigen Apparatur hervor, können die Anwesenden einen Blick auf Giovannis, für sein großspuriges Frittiergehabe erstaunlich schmächtige Statur werfen. Von seinem Gesicht geht ein kränklicher Teint aus, der wiederum recht gut zur Zubereitung jener Leckerbissen passt, für die Giovanni ein paar Straßenzüge weit bekannt ist. Stets halten sich einige Anrainer in seinem Gästebereich auf, stehen um Tonnen, Fässer oder Stapel von irgendwas herum, warten, bis frittiert ist, was sie sich ausgesucht oder mitgebracht haben, und beglückwünschen einander, weil es ganz so aussieht, als würde der Markt endlich auf die längst fällige Steigerung des Werts der Immobilien diesseits der Umfahrungsstraße reagieren. Neonröhren kümmern sich um die Beleuchtung. Ihnen verdankt Giovannis Imbiss, dem Geruch nach altem Fett und jenem noch etwas älteren nach Benzin und Motoröl zum Trotz, seine Anziehungskraft, insbesondere im Dämmerlicht eines regnerischen Tages – ihr beständiges Flackern ist es, das Vorbeikommende an eine Insektenfalle denken lässt.

*

Giovanni taucht gerade einen Müsliriegel in seinen Frittiereimer, als etwas Ungewöhnliches sein Gesichtsfeld durchquert und ihn einen Augenblick lang ablenkt. Der Müsliriegel entschwindet der Umklammerung seiner Zange und sinkt ohnmächtig Richtung Eimerboden. Giovanni flucht, aber nicht derb, weil einen Müsliriegel zu verlieren schließlich keine Katastrophe darstellt.

Draußen, jenseits der Fensterscheibe, an der einzelne, von zahlreichen Werbeaufschriften übrig gebliebene Buchstaben und Buchstabenreste mit der Zeit so unleserlich geworden sind wie Hieroglyphen auf dem Sarkophag eines Pharaos, geht ein Mann mit einer Schubkarre an Giovannis Imbiss vorbei. Er ist groß gewachsen, hager. Giovanni kennt ihn, hat ihn schon öfter hier drin gesehen, hat bereits allerhand für ihn frittiert. In der Regel Prinzenrollenkekse. Für Namen hat Giovanni kein Gedächtnis. Man sagt, das habe etwas mit seiner früheren Tätigkeit zu tun. Für Giovanni ist dieser Mann der *fahle Prinz* – und jetzt, da er ihm zum ersten Mal beim Gehen zusieht, fällt Giovanni auf, dass die Gliedmaßen dieses Mannes den Anschein erwecken, als hielten sie es in den Kleidungsstücken, in denen sie stecken, nicht mehr aus. Seine Hände und Handgelenke versuchen beständig, den Manschetten der Hemdsärmel zu entfliehen, die Füße und Fußgelenke treibt es aus den Hosenbeinen. Der Hals des Mannes ragt übertrieben weit aus dem Hemdkragen, seine Zehen schwimmen vermutlich in den Schuhen. Als trüge er die Kleidung eines anderen, oder aber als wäre sein Körper dabei, sich Schritt für Schritt in den eines anderen Mannes zu verwandeln.

Einige seiner Stammgäste, das weiß Giovanni, bezeichnen diesen Mann als komischen Kauz, was wiederum – das hat Giovanni sich gemerkt – mit dessen früherer Tätigkeit zu tun hat. Einem solchen Leumund fühlt Giovanni sich bis zu einem gewissen Grad verbunden. Jetzt gerade befördert der Mann in der Rolle eines Prinzen etwas mit Hilfe einer Schubkarre in Richtung Unterführung.

Mit der Unterführung ist für Giovanni von Anfang an nichts Gutes verbunden gewesen. Er hält es für einen Nachteil, dass sein Imbiss so nahe an ihr dran liegt. Bei jeder Erwähnung der Unterführung muss Giovanni – als verspüre er die Sogwirkung eines Abflusses – nämlich daran denken, dass es ein Fehler gewesen sein dürfte, seine Tankstelle in einen Imbiss umzuwandeln. Als Giovanni diese Entscheidung getroffen hat, ist er wie viele andere auch noch davon ausgegangen, dass die Umfahrungsstraße für immer ein Traum bleiben würde, und als man sie ein paar Jahre später schließlich in Betrieb nahm, wirkte seine Entscheidung im Nachhinein betrachtet zumindest in hohem Maße eigenwillig. Hinzu kam, dass es nunmehr so aussah, als wäre Giovanni der Einzige gewesen, der nicht mit ihrer Realisierung gerechnet hatte. Mangels einer halbwegs schlüssigen Erklärung einigte man sich darauf, dass er die Idee einer solchen Straße eben seit jeher abgelehnt habe. Eine Ablehnung, der sich mit dem Wirksamwerden der verkehrstechnischen Folgen der Umfahrung eine stetig wachsende Zahl von Anrainern anschloss. Eine Ablehnung, in der jene, aus denen inzwischen so etwas wie Giovannis Stammgäste geworden sind, mittlerweile eine vorausschauende Warnung vor den mit der Umfahrung verbundenen Nachteilen zu erkennen meinen. Eine solche Interpretation bereitet Giovanni wiederum ein schlechtes Gewissen, hatte er doch unmittelbar vor Beginn der Arbeiten an der Straße noch darüber nachgedacht, seinen Imbiss in eine Tankstelle zurückzuverwandeln. Dazu hatte es ihm schlussendlich aber an der notwendigen Flexibilität gefehlt – und an der Überzeugung, dass der Straßenverlauf ihn und seine Tankstelle in diesem Stadium überhaupt noch berücksichtigen würde. Hätte Giovannis Tankstelle zu Beginn der Bauarbeiten bereits – vielmehr *noch* – dagestanden, wäre das freilich etwas anderes gewesen.

Die meisten von Giovannis Gästen stimmen mit ihm überein, dass aus der Unterführung nichts Gutes zu ihnen in die Vororte herüberkommt. Sie sagen das, während Giovanni frittiert, was sie ihm ausgehändigt haben. Tatsächlich kommt von dort die meiste Zeit über gar nichts, und dass sich jemand mit einer Schubkarre in Richtung Unterführung auf den Weg macht, ist mindestens eine ebensolche Seltenheit. Aber da draußen geht ja auch ein komischer Kauz. Für Giovanni sieht es ganz so aus, als transportiere er ein technisches Gerät. Vielleicht ja seinen eigenen Herzschrittmacher, denkt Giovanni, und ein anderer würde bei einem Gedanken wie diesem möglicherweise bittersüß lächeln. Giovanni hingegen meint das ernst, und während er versucht, den Müsliriegel mit seiner Zange zu fassen zu bekommen, sagt er sich, dass der alte Mann einen solchen wohl auch benötigt, um einen derart beschwerlichen Weg zu beschreiten – einen Herzschrittmacher wohlgemerkt, nicht einen Müsliriegel.

▸▸

In der Schubkarre hat Lambert die einzige Möglichkeit gesehen, die DX mitzunehmen. Hat er nicht geahnt, dass dieses verbeulte alte Ding sich noch einmal als nützlich erweisen werde – oder ist das der Lampenschirm gewesen? Egal. Seit Lambert sich mit der Schubkarre in Bewegung gesetzt hat, kommt er sich jedenfalls wie die treibende Kraft eines Tonabnehmers in der Rille einer Schallplatte vor. Ein verlängerter Arm der Technik, der sich unaufhaltsam auf ein Zentrum zubewegt, das jenseits der Unterführung liegt. Abschnittweise hat Lambert dann wieder das Gefühl, dass es die Schubkarre ist, die für den Antrieb sorgt und ihn einfach nur hinterherzieht. Diese Widersprüchlichkeit rührt daher, dass mit der DX das einzige Überbleibsel von Berts Toningenieur vorne drin liegt, und sie rührt daher, dass Lambert sich vorgenommen hat, in sein … in *ihr* ehemaliges Studio zurückzukehren.

Sofern es um die Vergangenheit geht, existiert für ihn kein anderer Ort. In diesem Studio hat er Berts Mitarbeiter zum letzten Mal gesehen, und dort sieht Lambert ihn seit damals immer noch. Lambert sieht ihn, wie er sich weigert, den Aufnahmebereich zu verlassen. Er sieht das Unverständnis und die Empörung in seinen Augen, als Bert ihm eröffnet, dass er mit dem künstlichen Hervorrufen von Geräuschen aufhören werde, und er sieht ihn keinerlei Anstalten machen, Bert auf seinem Weg, wieder zu Lambert zu werden, zu begleiten.

Im Rahmen von Lamberts Rückkehr – als Lambert, nicht als Bert – soll die DX als eine Art Pfand fungieren, und das scheint sie kaum erwarten zu können. Eine Trophäe, deren Besonderheit darin besteht, dass sie sich in der langen Zeit kein bisschen verändert hat.

Ein schwacher Trost?

Wie wäre es damit, dass Lambert eingesehen habe, wie viel besser sie all die Jahre über in ihrem ehemaligen Studio aufgehoben gewesen wäre – anstatt im Keller eines Geräuschemachers, der sich in den Ruhestand begeben hat?

Das klingt schon wesentlich vernünftiger.

In der Mulde seiner Schubkarre symbolisiert die DX Lamberts Eingeständnis, dass er sie gar nicht erst hätte mitnehmen dürfen. Er hat sich mit einem Friedensangebot, das eine längst überfällige Entschuldigung beinhaltet, auf den Weg gemacht, und wer weiß: Vielleicht erhält er im Gegenzug ja einen Tipp, wie sich der in seinem Kopf voranschreitenden Schwerhörigkeit Einhalt gebieten lässt.

Ob sich abgesehen von Berts Mitarbeiter sonst noch etwas von früher in ihrem ehemals gemeinsamen Studio befindet? Ein Echo, ein Nachhall? Vielleicht schlummert Berts einstiges Reich, umrankt von einer undurchdringlichen Hecke aus Spinnweben, Dornen und Knallfröschen, seelenruhig vor sich hin. Unberührt seit dem Tag, an dem Bert es verlassen hat. Ein wenig unheimlich und darin der aktiven Zeit der beiden vergleichbar, während der kaum jemand geahnt haben dürfte, auf welch ungewöhnliche Praktiken jene Geräusche zurückzuführen waren, die jenseits der verschwiegenen Studiotür hervorgebracht wurden.

Am meisten fürchtet Lambert sich davor, dass Nachfolger ihr Studio übernommen haben könnten. Dabei weiß er nur allzu gut, dass das Heranbilden von Nachwuchs seit jeher als Schwachstelle jener Branche gegolten hat, in der er und sein Toningenieur aktiv – im Grunde mehr als nur aktiv, *zu Hause*, *am Leben* – gewesen sind. Hinzu kommt, dass aus dem, womit die beiden den Großteil ihrer Zeit verbracht haben, mittlerweile ein stinknormaler Beruf geworden ist, den auszuüben längst nicht mehr ausreicht, um sich als etwas Besonderes oder gar als Außenseiter fühlen zu dürfen. Mag die Wahrscheinlichkeit, Berts Mitarbeiter nach so vielen Jahren noch am selben Ort anzutreffen, auch nicht allzu groß sein – mit Wahrscheinlichkeit hat Lamberts Motivation aufzubrechen ohnedies nicht allzu viel zu tun. Was ihn antreibt, ist Verzweiflung. Lambert hat sich auf den Weg gemacht, weil ihm die Verschwiegenheit, die sich allmählich seiner annimmt, Furcht einflößt – eine Verschwiegenheit, für die er sich nicht selbst entschieden hat wie damals, als es ihm wie der richtige Zeitpunkt vorgekommen war, mit dem künstlichen Erzeugen von Geräuschen Schluss zu machen. Er verdankt diese Verschwiegenheit weder einem Zufallstreffer noch einem Unglücksfall. Ihr Ursprung muss irgendwo anders liegen – Lambert vermutet: in seinem Inneren. Vorübergehend kommt es ihm so vor, als betrachte er die vor ihm liegende Strecke durch das verkehrte Ende eines Fernrohrs, und mit ihr, was ihm alles bevorsteht.

▸

Je näher die Unterführung heranrückt, desto zahlreicher treffen die Erinnerungen bei Lambert ein. Die Schubkarre einigermaßen im Gleichgewicht zu halten beansprucht ihn allerdings dermaßen, dass er nicht imstande ist, sie alle entsprechend einzuordnen. Unterwegs in die entgegengesetzte Richtung gehen einige einfach durch ihn hindurch, lassen sich von ihm aber zumindest in jene Energie umwandeln, die er für sein Weiterkommen benötigt. Das trifft vor allem auf Erinnerungen zu, deren Absicht darin zu bestehen scheint, ihn zurück zu den Anfängen zu begleiten.

Als die Unterführung schließlich in seinem Blickfeld auftaucht, muss Lambert beispielsweise an die Wohnung seiner Eltern denken. Er fragt sich, weshalb, weiß darauf keine Antwort, beschließt jedoch, sich davon nicht irritieren zu lassen. Neugierig geworden folgt er vielmehr der Spur, die sich da auftut, und findet sich kurz darauf in der ihm von früher her vertrauten Wohnküche wieder. Dort angekommen fühlt Lambert sich dazu eingeladen, an einem Tisch, auf dem eine Tasse auf ihn wartet, Platz zu nehmen. Ihr Henkel ist mindestens einmal abgebrochen und wurde, ohne darauf zu achten, die Bruchstelle zu verhehlen, wieder angeklebt. Angesichts der Tasse fällt Lambert ein, dass seine Begegnung mit der Brücke an diesem Tisch sitzend stattgefunden hat.

Nicht weit von dem Tisch entfernt stand früher einmal ein die meiste Zeit über stumm geschaltetes Fernsehgerät, auf dessen Bildschirm die Brücke damals erschien. Wie eine Klammer saß sie in der Landschaft und verband – Architektur gewordene Möglichkeit, Umwege zu vermeiden – zwei Ufer miteinander, sie *korrigierte* die Natur, um wenige Sekunden später ohne jede Vorwarnung in sich zusammenzubrechen. Ein Pfeiler knickte ein, der Überbau geriet in Schieflage, die Fahrbahn brach in der Mitte auseinander. Die Brücke bäumte sich regelrecht auf, als habe sie der Ausnahmezustand in zwei riesige Arme verwandelt, die um Hilfe flehten und gleichzeitig davor warnten, sie in diesem Zustand nicht mehr zu betreten. Dann, wiederum ein paar Sekunden später – die gesamte Konstruktion hatte sich nun endgültig ihrem Zusammenbruch überlassen –, traten überall an der Brückenbasis Risse auf, und alles zerfiel in eine Unmenge von Teilen.

Da der Fernsehapparat keinen Mucks von sich gab, bemerkte Lamberts Mutter, die in der Kochnische hinter ihm beschäftigt war, nichts von der Katastrophe. Sie verrührte Honig mit Zucker, erhitzte Butter, knetete Teig und machte dabei einen Eindruck, als habe sie nichts dagegen, ja als gefalle es ihr möglicherweise sogar, dass ihr dabei zugesehen wurde. Für Lambert Grund genug, das Interesse daran zu verlieren und sich dem Fernsehapparat zuzuwenden, auf dessen Bildschirm kurz darauf die Brücke in Erscheinung trat, um allen, die gerade hinschauten, ihren Einsturz vorzuführen. Ein Ereignis, das ein völlig anderes Maß an Dramatik aufwies als sämtliche Assoziationen, die von den Geräuschen in Lamberts Rücken – dem Aufschlagen von Eierschalen, dem Plumpsen von Teigbatzen, dem Schütteln einer Blechbüchse, aus der Mehl oder Zucker rieselte – hervorgerufen wurden. Was Lambert hörte, *betrog* die Bilder, die der Fernsehapparat lieferte, um einen entscheidenden Anteil ihrer Ernsthaftigkeit. Die immense Staubwolke, die von den Gesteinstrümmern aufgewirbelt wurde, ließ beispielsweise an Puderzucker denken. Die von unsichtbarer Hand zerschmetterte Brückenkonstruktion an eine Dessertgabel, die eine sorgfältig aufgetragene Glasur mit geringem Kraftaufwand durchbricht. Die Gesteinsfragmente legten nahe, zügelloser Appetit habe ohne Rücksicht auf jedwede Konsequenzen von ihnen abgebissen.

Bei Lambert riefen Bild und Ton eine verquere Dissonanz hervor, bis sich – für seine Ohren geradezu erlösend – ein Krach zwischen die beiden drängte, ein Krach, der dem, was zu sehen war, viel eher zu entsprechen schien. Ein Knacken und ein Klirren, ein Zerspringen, ein Bersten und ein Brechen. Lambert konnte die einzelnen Elemente dieses Lärms im selben Moment hören und sehen – Eiswürfel werden in einen Schraubstock gespannt und bei gleichmäßig zunehmendem, insgesamt jedoch geringem Kraftaufwand zerquetscht; Eissplitter liegen auf einem Kachelboden, hölzerne Schuhsohlen treten auf einige von ihnen –, und das irritierte ihn womöglich, faszinierte ihn gleichzeitig aber auch weit mehr, als ihn die Frage interessierte, woher dieser Lärm denn eigentlich kam. Auf dem Bildschirm kommentierte inzwischen ein Nachrichtensprecher das Einstürzen der Brücke mit ein paar unhörbaren Worten.

Mitanzusehen, wie diese Brücke in sich zusammenbrach, erwies sich für Lambert als so etwas wie eine akustische Initiation. Während andere verunsichert gewesen wären, erwogen hätten, ihr Einsturz richte sich an sie persönlich und symbolisiere, was die Zukunft an Gefahren für sie bereithalte, erkannte Lambert in dem von ihm selbst hinzuerfundenen Krach eine Aufforderung, dem Erzeugen von Geräuschen in Zukunft ein größeres Maß an Aufmerksamkeit zu widmen. Überrascht war er nur darüber, dass ihm das von Anfang an so gut gelingen wollte. Aber hatte er nicht auch eine ziemlich genaue Vorstellung davon, wie es sich anfühlen würde, seine Zunge ans Metall des Brückengeländers zu halten, an den Beton ihres zerbröselnden Unterbaus ebenso wie an den Stoff der Krawatte des Nachrichtensprechers? Und das alles, ohne seines Wissens etwas davon je in den Mund genommen zu haben. Vermutlich befanden sich seine Ohren ganz einfach auf dem nächsthöheren Level.

Lambert wusste natürlich, dass eine in sich zusammenbrechende Brücke über ihre ureigene Klangsequenz verfügt, wahrscheinlich sogar jede über ihre eigene. Jedes Geschehen gehört nun mal zu einem bestimmten Zeitpunkt und ereignet sich nur ein einziges Mal. Die von Lambert assoziierte Geräuschabfolge war demnach *seine* Interpretation, wie es sich bei der Zunge, mit der er all die Dinge nicht berührt hatte, um die Zunge in seinem Mund handelte.

▸

Als Lambert die Unterführung schließlich erreicht, fühlt er sich regelrecht verschluckt. Sobald es abschüssig wird, reißt ihn die Schubkarre mit sich hinunter, als könne sie es kaum erwarten, auf die andere Seite zu gelangen. Als es wieder bergauf geht, scheint sie es sich hingegen anders überlegt zu haben, und Lambert muss seine gesamte Kraft aufbringen, damit sie es drüben bis an die Oberfläche schaffen. Dass ihm das schließlich gelingt, verdankt er einigen Erinnerungen, die durch ihn hindurchgegangen sind, – diesen und dem Schwung, den die Schubkarre zuvor aufgenommen hat.

Z

Niemand bezweifelt, dass Z mit der Inbetriebnahme der Umfahrungsstraße, die, grob dem Verlauf des ehemaligen Linienwalls folgend, nunmehr sämtliche Vororte miteinander verbindet, zum Stillstand gekommen ist. Was einige sich hingegen fragen, ist, weshalb ausgerechnet Zs Repräsentanten den Bau dieser Straße vorangetrieben, ja sogar dafür geworben haben. Die Antwort auf diese Frage lautet: weil damals in Z akuter Platzmangel herrschte und sämtlichen Versorgungssystemen die Überlastung drohte. Der aufwendigen Um- und Ausbauten der vorhandenen Gebäude müde, steuerte die Baubranche dann auch noch ein paar überzeugende Argumente bei, warum es wesentlich komfortabler wäre, sich jenseits der Stadtgrenze niederzulassen. Von nun an wurde von strukturierten Siedlungen als Heimstätte geregelter Verhältnisse geschwärmt, vom *Kurzhalten der Wege* zwischen Wohn- und Arbeitsplatz, von der *schnörkellosen Aussprache* der Peripherie, die dazu einlade, das Wohnen individuellen Bedürfnissen anzupassen, anstatt sich in Gebäude pferchen zu lassen, deren Entwürfen ein längst überholter Wohnstil zugrunde läge und die beim Versuch, einen einigermaßen unvergänglichen Anblick zu bieten, regelmäßig an ihre Grenzen stießen.

Zs Stadtkern sollte sich als zeitgenössische Version einer Agora präsentieren – als Ort des Zusammenkommens, der Geschäftigkeit und der Zerstreuung. Da etliche Betriebe die großzügigen Areale am Stadtrand jedoch bereits im Vorfeld für sich entdeckt hatten, mussten die Wohnsiedlungen hinter diese zurückweichen und fanden sich von Z und seinem Stadtkern abgeschnitten. In Z brachte das vorerst niemanden aus der Ruhe. Weder als die Abwanderung begann, unübersehbare Lücken zu hinterlassen, noch als die Verkehrsverbindungen zu den neuen Wohngebieten sukzessive aus den Planungen verschwanden. Niemand fragte sich, aus welchem Grund weiterhin Menschen hierherkommen sollten, um *geschäftig* zu sein, obwohl sich die meisten Unternehmen ganz woanders befanden, oder ob es früher oder später nicht zu kostspielig werden dürfte, Konzerthäuser, Kinos und vergleichbare *Orte der Zerstreuung* zu betreiben, sollte sich ein Abstecher nach Z für deren potenzielles Publikum eines Tages verkehrstechnisch als umständlich herausstellen.

Als erstes zog das Museum für zeitgenössische Kunst die Konsequenzen, indem es sich in der Etage eines Einkaufs- und Freizeitcenters am Stadtrand einmietete. Seit es die Umfahrungsstraße gibt, ist diese multifunktionale Begegnungszone von sämtlichen Vororten aus auf kürzestem Weg zu erreichen. Betriebe, die sich nicht dazu entschließen konnten, dorthin zu übersiedeln, sahen sich bald sich selbst überlassen.

So wurde etwa Zs Markthalle, die sich gegen einen Umzug ausgesprochen hatte, als sie in dieser Umbruchphase einem Feuer zum Opfer fiel – obgleich unumstritten ein Gebäude von öffentlichem Interesse –, gar nicht erst wiederaufgebaut. Es gab Stimmen, die behaupteten, ihr Betrieb hätte sich ohnehin kaum noch rentiert, was den Brand wie einen Glücksfall für ihre Inhaber erscheinen ließ.

Mittlerweile sind abgesehen von den Grundmauern nur noch ein paar Einzelheiten von der Markthalle übrig: eine frei stehende Wendeltreppe aus Metall, eineinhalb Torpfosten, diverse Bodenmarkierungen, und aus ihrem architektonischen Zusammenhang gerissen, wirken diese Überbleibsel geradezu befremdlich. Auf die Funktion des einst hier vorhandenen Gebäudes kann aus ihnen nicht geschlossen werden. Am ehesten deutet die Weitläufigkeit des Parkplatzes auf das früher einmal rege Wirtschaftstreiben, und doch ist es einer der wenigen Orte in Z, an dem nach wie vor eine gewisse Aktivität herrscht. Menschen kommen hier zusammen, um allerhand Waren auszutauschen, darunter auch solche, mit denen im Inneren der Markthalle Handel getrieben wurde. Gelegentlich verirrt sich auch der eine oder andere Spaziergänger hierher. Besucher von außerhalb befinden sich in den seltensten Fällen darunter. Diese halten sich, wenn sie nach Z kommen, bevorzugt im dicht bebauten Gebiet auf, dort, wo der Unterschied zu den Siedlungen, in denen sie selbst zu Hause sind, besonders deutlich ausfällt. In Z, wo inzwischen beinahe jedes Geschäft geschlossen hat, komme es ihnen vor wie in den Ferien, erzählen Zs Besucherinnen und Besucher. Sie empfinden es als »erholsam«, dass es in Z kaum Baustellen gibt, und dass der Blick auf die mitunter beeindruckende Architektur nirgends von aufdringlichen Werbeplakaten verstellt wird, erscheint ihnen »vorteilhaft«. Einige von ihnen begegnen in Z einem Storch oder einem Fuchs, und einem solchen Tier begegnet zu sein, vermittelt ihnen ein Gefühl des Erwähltseins. Daheim gefallen sie sich dann darin, Einschätzungen vorzunehmen, denen zufolge Z vergleichbaren Stadtgebieten »um einige Jahre voraus sei«. Immerhin habe jener schmerzhafte Umwandlungsprozess, den jedes urbane Ballungszentrum in regelmäßigen Abständen über sich ergehen zu lassen habe, in Z bereits seinen Höhepunkt erreicht. Danach befragt, woran sich das erkennen lasse, begnügen sich Zs vorübergehende Gäste für gewöhnlich mit einer sarkastischen Bemerkung, wie beispielsweise, dass Begriffe wie *verwanzt* in Z wieder zu ihrer ursprünglichen Bedeutung zurückgefunden hätten.

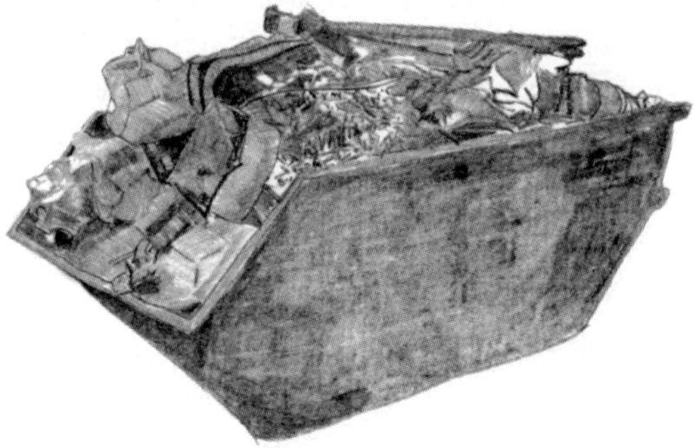

Die Stille, von der Lambert in Z empfangen wird, ist eine andere als die, mit der er von zu Hause aufgebrochen ist, und es ist eine andere als die, die ihn hierherbegleitet hat. Es ist, als hätten die Bewohner ihrem Viertel den Ton abgedreht – und in gewisser Weise haben sie das sogar. Nirgendwo Bau- oder Verkehrslärm, keine Presslufthämmer, keine Motoren, die anspringen, kein Getriebe, in dem ein Gang hinauf oder hinunter wandert. Kein Kran, der ächzend seinen mächtigen Arm bewegt, weder eine freche Hupe noch ein donnernder Lkw – nicht einmal eine Mülltonne, die über einen Hinterhof rumpelt.

Zs charakteristische Geräuschkulisse, deren Vielfalt sich einst so hervorragend darauf verstanden hat, Berts Fantasie anzuregen – jedes Zuklappen eines Kofferraumdeckels ein Eispickel, der in gefrorenen Schnee getrieben wird, jedes Knistern einer Oberleitung wie das Glitzern überwältigender Pracht –, scheint der Abwanderung weiter Teile der Bevölkerung zum Opfer gefallen zu sein und macht Lambert deutlich, wie weit er sich von seiner Vergangenheit entfernt hat. Auf Zs Straßen ist nicht einmal mehr jemand, um angerufen zu werden oder Nachrichten zu empfangen, um seinem Unmut Ausdruck zu verleihen, um etwas zum Quietschen, Bellen, Jaulen, Summen oder Kreischen zu bringen. Nirgendwo weint ein Kind, nirgendwo macht sich eines dieser albernen Glockenspiele bemerkbar, wie sie früher das Auf- und Zugehen der Ladentüren begleitet haben.

In seiner unfreiwillig hier verbrachten Nacht ist Lambert gar nicht aufgefallen, dass es in Z nichts mehr zu hören gibt. Aber hatte er nicht erst angesichts der Aussichtswarte überhaupt bemerkt, wo er hingeraten war? Diesmal, bei Tageslicht, steuert er ganz bewusst darauf zu, muss allerdings, als er die Aussichtswarte beinahe schon erreicht hat, feststellen, dass es sich bei dem Gebäude, in dem er sie zuletzt erkannt haben wollte, um das Aquarium handelt. Heißt das nun, dass er in jener Nacht falsch lag oder dass es mehrere solcher Unterführungen gibt, und Lambert dieses Mal durch eine andere nach Z vorgedrungen ist?

Das Aquarium ist in einem aus dem letzten Krieg übrig gebliebenen Gefechtsturm zur Abwehr feindlicher Fliegerangriffe untergebracht. Da seine Demontage mit einem erheblichen Risiko für die umliegenden Wohnhäuser verbunden gewesen wäre, hatte man nach Beendigung der Kampfhandlungen den Entschluss gefasst, sein unerfreuliches Erscheinungsbild künftig als Denkmal zu betrachten. Eine Abschreckung vor sich selbst durch sich selbst sozusagen. Erst in der Folge tauchte dann die Idee auf, im Inneren des Turms ein Aquarium einzurichten und seine Wehrhaftigkeit auf diese Weise der vom Menschen bedrohten Tierwelt zugute kommen zu lassen.

Während seiner in Z verbrachten Jahre hatte Lambert nie das Bedürfnis verspürt, das Aquarium zu betreten. Er hatte sich mit der Vorstellung begnügt, etwas so Zauberhaftes wie die Unterwasserwelt befinde sich in einem derart groben Klotz. Mittlerweile aber hat selbst dieser eine Veränderung durchgemacht. Eine Menge Unerfreuliches scheint aus ihm aus-, dafür aber in die umliegenden Häuser eingezogen zu sein.

Lambert hat keine Ahnung, ob er sich auf dem richtigen Weg zu Berts ehemaligem Studio befindet, er muss sich allerdings eingestehen, dass er das genauso wenig wüsste, wenn er die Aussichtswarte und nicht das Aquarium vor sich hätte. Er ist noch nie von außerhalb hierher zurückgekehrt, weder nach so langer Zeit noch auf einem Weg, der aussieht, als wisse er selbst nicht mehr genau, wohin er früher einmal verlaufen ist, geschweige denn wie es dort, wo er endet, heute aussieht. Ob Lambert sich Schritt für Schritt wieder daran erinnern wird? Im Moment fühlt er sich wie an einer alles entscheidenden Gabelung angekommen, und doch liegt vor ihm nur der eine Weg, und der führt tiefer in dieses Viertel, verläuft in Richtung einer sich allmählich verfinsternden Herzkammer.

»Auf einer geraden Straße ist noch niemand verloren gegangen«, diese Worte vernimmt Lambert, in dem Moment, in dem er sich wieder in Bewegung setzt. Über derartige Sinnsprüche, eine Spezialität von Berts ehemaligem Mitarbeiter, hat er früher insgeheim geschmunzelt. Merkwürdig, dass ihm ausgerechnet jetzt einer davon einfällt. Handelt es sich dabei um eine Einspielung, die die ganze Zeit über in seinem Gedächtnis gespeichert gewesen ist und sich in Anbetracht der bei ihm aufkommenden Bedenken ganz von allein den Einsatz gegeben hat?

Bemerkenswert daran ist außerdem, dass Lambert das, was ihm früher wie Einträge in das Poesiealbum eines Pubertierenden vorgekommen ist, mittlerweile für allenthalben simple, immerhin aber doch für Weisheiten hält. Ob das mit dem Niveau der Gesprächspartner zusammenhängt, die ihm geblieben sind (»Wenn mein Staubsauger am Wort ist, kann ich Sie unmöglich verstehen«)?

Vielleicht sind diese Gedanken aber auch nur dazu da, Lambert auf den ungewissen ersten Metern Gesellschaft zu leisten. Er hat jetzt einmal mehr den Eindruck, die Schubkarre habe das Kommando übernommen, und er klammere sich im Grunde nur an ihre mit Plastik überzogenen Griffe. Dieses Gefühl der Machtlosigkeit dauert an, bis Lamberts Blick auf den Schienenstrang fällt, der verlässlich wie eine Zahnspange überall dort, wo früher die Straßenbahn entlanggefahren ist, im Asphalt sitzt. Die Schienen stellen exakt jenen kontrollierten Verlauf in Aussicht, den Lambert sich für seine Rückkehr gewünscht hat. Umständlich manövriert er die Schubkarre in ihre Spur und ist sich sicher, damit die entscheidende Weiche gestellt zu haben. Der Fährte der ehemals hier verkehrenden Straßenbahn folgend, wird er Berts Studio wiederfinden. Ungeachtet der vielen Jahre, ungeachtet der Veränderungen, die allem Anschein nach über Z hereingebrochen sind – Lambert wird sie sogar finden, ohne sein Gehör dafür in Anspruch nehmen zu müssen.

Bei den wie aus dem Nichts an ihn gerichteten Worten dürfte es sich um ein Lebenszeichen von Berts ehemaligem Toningenieur gehandelt haben. Dabei hat der nie allzu viel von sich gegeben, schon gar nicht ohne dazu aufgefordert worden zu sein. Was das betraf, hätte man ihn glatt mit dem von ihm bevorzugten Aufnahmegerät verwechseln können. Wie die DX, mit der er umzugehen wusste wie kein anderer, sog Berts Toningenieur alles in sich auf, gab allerdings selbst, solange Bert nicht einen bestimmten Knopf gedrückt hatte, kaum einen Ton von sich. Und so, wie Bert in ihm den kongenialen Partner gefunden hatte, repräsentierte die DX – ihres Zeichens eines der ersten einigermaßen erschwinglichen digitalen

Mehrspurgeräte – das Herz der technischen Ausstattung jenes Studios, in dem Bert seine produktivste Zeit verbracht hatte. Mit ihren acht Spuren ermöglichte es die DX, die Aufzeichnungen der unterschiedlichsten Geräusche präzise aufeinander abzustimmen, wodurch sich jede beliebige Sequenz – egal ob Kampfgetümmel oder Liebesszene – in ihre Bestandteile zerlegen ließ. In das Abstreifen des Stoffes, in das Berühren der Haut, in die Begegnung zweier Münder. Jede Phase wurde separat simuliert und sämtliche Details in der Folge miteinander in Beziehung gesetzt. Für die Mitwirkenden bedeutete das, sich voll und ganz der Verkörperung hingeben zu können. Um die akustische Glaubwürdigkeit kümmerten sich eingespielte Teams wie Bert, also er, und sein Partner – in der Branche besser bekannt als:

Sindy & Bert

Verkabelte Sindy die DX mit einem Aufnahmegerät gleichen Standards, stand sogar eine noch größere Anzahl Spuren zur Verfügung, wobei die Laufwerktaste der ersten Maschine (*Master*) den Ausschlag gab, auf die eine zweite (*Slave*) Sekundenbruchteile später reagierte. Beschichtete Streifen verbanden sämtliche Spulen und liefen dabei über sich um die eigene Achse drehende Kopftrommeln, die mit Aufnahmesensoren bestückt waren.

Ungeachtet des Umstands, dass ein auf Magnetbändern beruhendes System bereits in Sindy & Berts Tagen nicht mehr unbedingt als zukunftsweisend bezeichnet werden konnte, wurde der DX ein unverwechselbarer Sound zugebilligt, dessen mangelhafte Vollkommenheit sich in manchen Ohren wie das *Diminuendo* einer analogen Vergangenheit anhörte – eine Form von Lebewohl an eine Epoche, in der das Gehör noch die zentrale Rolle gespielt hatte. Dank des erstklassigen Rufes, den die DX in der Szene weiterhin genoss, gelang es einigen Wenigen, die auf sie spezialisiert waren – und unter ihnen Berts Toningenieur –, sogar nach dem Siegeszug der Computer gelegentlich noch auf sich aufmerksam zu machen.

Nun aber liegt die DX, mit der Sindy das gelungen ist, unter einem Stück Luftpolsterfolie – Lambert hat diese unmittelbar nach ihrem Eintreffen in Z zum Schutz vor dem Nieselregen über sie gebreitet – in der Mulde einer verbeulten Schubkarre. Aus ihr ist so etwas wie eine Hinterlassenschaft geworden, ein letzter Wille. Hätte Lambert vor ihrem Aufbruch nicht eigenhändig sämtliche Bandreste entfernt, wäre sie vielleicht sogar in der Lage, ihre gemeinsame Geschichte zu erzählen.

◂◂

Z, viele Jahre zuvor, Elektroviertel, an einem Nachmittag in Manfreds Laden. Ein junger Mann kommt herein, und Manfred, der ein T-Shirt seiner Lieblingsband, den Illusions, trägt und sich wie häufig mitten am Nachmittag ausmalt, wie es gewesen wäre, als Keyboarder bei den Illusions einzusteigen, empfindet das als Störung.

Wenn er mit der Band unterwegs ist, ist das Aufgehen der Ladentür für Manfred nichts weiter als ein unerfreulicher Versuch, ihn zurück in die Wirklichkeit zu befördern. Die Wirklichkeit besteht für Manfred aus einem Job als Fachkraft im Einzelhandel. Üblicherweise wird er von einer Lieferung tragbarer Plattenspieler oder Radiorekorder daran erinnert, von einem lästigen Anruf aus der Buchhaltung oder dem schlichten Bedürfnis, die Toilette aufzusuchen. Wenn es besonders schlimm um ihn steht, schicken sie jemanden vorbei. Manfred weiß, dass diese Menschen keine Ahnung davon haben, und doch betrachtet er sie als *Komplizen der Realität*. Für Manfred sind Kunden, die in Momenten wie diesen seinen Laden betreten, so etwas wie Schläfer, Rekruten, die zu ihrem eigenen Schutz nicht darüber informiert werden, was ihre Handlung in Wirklichkeit für eine Bedeutung hat.

Manfred verkauft Sound- und Audiogeräte. Sein Spezialgebiet sind Komponenten im High-End-Bereich. Ob diese Tätigkeit ebenfalls noch eine andere Bedeutung hat, weiß Manfred nicht. Er weiß nur, dass seine musikalischen Ambitionen vorläufig mit gelegentlichen Engagements als DJ (*Mr. Music*) vorliebnehmen müssen, und Manfred weiß, dass, wer immer seinen Laden, bei dem es sich genau genommen gar nicht um *seinen* Laden handelt – obwohl es *sein* Know-how ist, das sich herumgesprochen hat –, betritt, wenn er in dieser Stimmung ist, von ihm zunächst nicht beachtet wird.

Ohne die leiseste Ahnung von Manfreds Verschwörungstheorien hat Lambert – der junge Mann – insgeheim auf so etwas gehofft. Am liebsten würde er sich selbst überlassen bleiben. Er ist gerade damit beschäftigt, jemand anderes zu werden, hat aber noch keine Ahnung, um wen es sich dabei handeln wird. Von *Bert* weiß er noch nichts. Gegen diesen Namen würde er sich – nehmen wir der Einfachheit halber an, Manfred hätte ihn vorgeschlagen – mit der Begründung aussprechen, dass er den Eindruck erwecke, seine Person wäre in Zukunft nur noch etwas mehr als halb so viel wert. Dass niemand außer derjenige, von dem er sich damit sozusagen *abspalten* wolle – also er selbst – auf eine derart einfältige Betrachtungsweise kommen könnte, würde Lambert noch nicht einmal auffallen. Ihn darauf hinzuweisen würde daher an

Manfred hängen bleiben, aber der hätte, gesetzt den Fall, der Vorschlag wäre tatsächlich von ihm gekommen, daran zu knabbern, dass die gleiche Prozedur einen Fred aus ihm machen würde. *Fred* am Keyboard.

Lambert zieht es vor, bei seinem Versuch, sich zu verwandeln, von niemandem bemerkt zu werden. Das gefällt ihm auch am Herumexperimentieren mit Geräuschen. Da gibt es nur ihn und alle erdenklichen Materialien, Gegenstände, Substanzen, chemischen Reaktionen, physikalischen Unabdingbarkeiten. Ein ganz entscheidender Schritt auf dem Weg, den er eingeschlagen hat, besteht – so Lamberts Überlegung – zum Beispiel in der Anschaffung eines jener Geräte, wie sie in Manfreds Laden angeboten werden. Auf schlaue Kommentare kann er verzichten. In Zukunft möchte Lambert die Menschen daran teilhaben lassen, was er an Geräuschen so alles zustande bringt. Da ihn, wenn er arbeitet, die Anwesenheit anderer irritiert – sein erster Versuch mit einem nahen Verwandten als Publikum ist alles andere als glücklich verlaufen –, hat er beschlossen, sich vorerst mit der Einsamkeit abzufinden. Lambert ist auf die Idee verfallen, ein Band mitlaufen zu lassen, und in Manfreds Regalen stehen unzählige dafür infrage kommende Geräte.

Angesichts ihrer gleichförmigen, finsteren Displays fühlt Lambert sich nun allerdings einigermaßen fehl am Platz. Als hätte es Manfreds Sortiment, obwohl nicht einmal an den Stromkreis angeschlossen, darauf abgesehen, ihm zu vermitteln, jemand wie er – allem Anschein nach gewohnt, sich auf Flohmärkten und Garagenverkäufen herumzutreiben (»stimmt!«) – werde nie im Leben in der Lage sein, ihnen die notwendigen Anweisungen mit jener Präzision zu erteilen, derer ihr anspruchsvolles Innenleben bedürfe. Dazu müsse man anders gepolt sein, im Hier und Jetzt verankert anstatt in Täuschungsmanöver verstrickt, fortwährend erreichbar und nicht vorstellungshalber die meiste Zeit über irgendwo anders. Befehle kann eben nur erteilen, wer bereit ist, selber welche zu empfangen.

Lambert ist nicht der Typ für Befehle, und genau genommen ist Manfreds Laden auch nicht der richtige Ort dafür. Hier werden eher Entscheidungen getroffen, und es ist die Reihenfolge, in der sie getroffen werden, die den weiteren Verlauf maßgeblich beeinflusst.

Zunächst entscheidet sich Lambert ein wenig überstürzt dafür, die Sache mit dem Aufnahmegerät zu vergessen. Eben hat er noch vorgehabt, mit einem von ihnen Freundschaft zu schließen, ihm all seine Geheimnisse anzuvertrauen, jetzt sagt er sich, als er auf diese Idee verfallen ist, muss er mit dem Kopf wieder einmal woanders gewesen sein. Die Geräte, die ihn da von oben herab anschweigen, machen allesamt den Eindruck, ausschließlich einem auf komplexen Codes basierenden Verständigungssystem zugänglich zu sein. Für Lambert steht fest, dass sich ihre sensiblen Tonabnehmer gegenüber Klängen, die von getragener Kleidung, Gerümpel und diversen Nahrungsmitteln stammen, niemals aufnahmebereit zeigen werden. Ob das bedeutet, dass er seine Experimente bis in alle Ewigkeit ausschließlich für sich selbst betreiben wird, will Lambert in diesem Moment jedoch auch wieder nicht entschieden haben. Nicht angesichts dieser Apparate, die ihn, befände sich Gelächter in ihren Aufnahmespeichern, in feinster Stereoqualität auslachen würden.

Die *andere* Entscheidung trifft Manfred. Er ist bei seinen gedanklichen Ausflügen, die ihn gewöhnlich mit den Illusions auf Tournee gehen lassen, bei dem lange – vielleicht zu lange – gehegten Plan, selbst eine Band zu gründen, angelangt. Allein ihr Name (*Rewind & Fire!*)

holt ihn regelmäßig wieder auf den Boden der Tatsachen zurück, was so viel heißt wie: in seine Rolle als Berater in Sachen Audiogeräte. Da das diesmal ausschließlich auf ihn – *Fred* am Keyboard – zurückzuführen ist, hat Manfred zufällig anwesenden Kunden nicht das Geringste vorzuwerfen. In solchen Momenten plagt ihn viel eher ein schlechtes Gewissen, weil er jemandem seine Fürsorge zu Unrecht vorenthalten haben könnte. Es ist Zeit, entscheidet Manfred, sich um diesen jungen Mann zu kümmern, und allein Manfreds In-Erscheinung-Treten reicht aus, um Lambert – damit beschäftigt, die Sache mit dem Aufnahmegerät zu vergessen – innehalten zu lassen. Wie der gut einhundertdreißig Kilo schwere Manfred, dessen Bauch den Luftballon, den die Illusions als Motiv für ihr Band-T-Shirt gewählt haben, zum Heißluftballon aufbläht, unbekümmert an einer Phalanx von Stopptasten, Reglern und Skalen, die in einen schwarzen und einen roten Bereich geteilt sind, vorbeimarschiert, wird Lambert schlagartig so einiges klar – zum Beispiel, dass er einen anderen Menschen benötigt. Jemanden, der Geräten, wie sie in diesen Regalen stehen, *anders* entgegentritt. Manfred gegenüber wirken die anwesenden Aufnahmegeräte nämlich, als könnten sie es kaum erwarten, sogar das einwandfrei wiederzugeben, was aufzunehmen ihre Tonköpfe noch gar keine Gelegenheit gehabt haben. Allein, indem Manfred an ihnen vorbeigeht, scheint er dafür zu sorgen, dass sämtliche Anzeigen erwachen, alle Funktionslämpchen angehen. Tatsächlich liegt das daran, dass Manfred ein paar Schalter umlegt und auf diese Weise Energie in die Kabel leitet, wodurch sein Arsenal aus der totalen Teilnahmslosigkeit in den Stand-by-Modus versetzt wird. Es gibt Tage, an denen Manfred aus Gründen der Ersparnis damit wartet, bis der erste Kunde seinen Laden betritt.

Manfred ist jetzt ganz darauf ausgerichtet, einem offensichtlich überforderten Menschen, *aufnahmetechnisch* einem Anfänger, bei der Erfüllung seiner Wünsche behilflich zu sein. Anders als sonst, ohne hochnäsige Kommentare à la ein Greenhorn wie er wäre in der Elektroabteilung eines Kaufhauses besser aufgehoben – eine Hochnäsigkeit, die, das weiß Manfred, bereits begonnen hat, auf sein Sortiment abzufärben.

Manfred erfasst mit einem Blick, dass dieser junge Mann, das heißt, was die Audiosysteme in den Regalen von ihm übrig gelassen haben, nicht für den Umgang mit technischen Geräten geboren wurde. Manfred diagnostiziert das und stöhnt, allerdings nicht, weil es ihm einiges an Einfühlungsvermögen abverlangen dürfte, dem jungen Mann das verständlich zu machen, sondern weil es zwischen den Regalen in seinem Laden eng ist und sich bereits ein paar Schritte in dieser Enge für Manfred anfühlen, als hätte er einen unendlich langen Weg zurückgelegt. Die andere Sache – die mit dem jungen Mann – geht verhältnismäßig easy. Es dauert zwar eine Zeit, bis Manfred aus ihm herausgekitzelt hat, wofür er ein Aufnahmegerät braucht, ihm auseinanderzusetzen, dass er das, was er sich vorstellt, auf diese Weise unmöglich hinkriegen wird, geht dann jedoch erstaunlich schnell.

Der desillusionierte junge Mann wirkt natürlich nicht gerade happy, gleichzeitig aber doch irgendwie erlöst. Manfred ist sich im Klaren darüber, dass die bei ihm feilgebotenen Geräte in dieser Hinsicht wertvolle Vorarbeit leisten. Mitunter schüchtern sie Kunden ein, denen Manfred dann zu Hilfe kommt, Befürchtungen lindert, vermeintlichen Risiken die Glaubwürdigkeit abspricht, mit einem Wort, ein Stück Hoffnung zurückgibt. Es gehört zu Manfreds Lieblingsbeschäftigungen, Dramatik herauszunehmen. Dass die Situation, wie sie nun mal ist, dessen ungeachtet schlussendlich dann doch grob von der ursprünglich gehegten Kundenhoffnung abweicht, erscheint im Anschluss an Manfreds Einschreiten zumindest vor einem anderen Hintergrund.

Sofern er verstanden habe, was dem jungen Mann so in etwa vorschwebe, sagt Manfred – und Manfred mit seinem Know-how hat verstanden –, würde er für die Umsetzung seines Vorhabens einen Partner benötigen, der die ganze Zeit über an den Reglern sitzen und sich um eine einwandfreie Aufnahme kümmern würde, eine Aufnahme ohne störende Nebengeräusche. Für ihn sei es gar nicht zwingend erforderlich, mit der Technik auf gutem Fuß zu stehen, vorausgesetzt er habe jemanden an seiner Seite, dem er in einem Maß vertraue, dass er bereit sei, ihn als eine Art Verlängerungskabel seines Wahrnehmungsapparats, als Erweiterung seines Körpers zu betrachten.

Manfreds Erläuterungen gelingt es immerhin, Lambert durcheinanderzubringen. Sollte sein Traum nicht in Erfüllung gehen, sagt er sich, würde – so gesehen – zumindest nicht ausschließlich sein eigenes Unvermögen schuld daran sein. Ein Anteil käme jenem anderen Menschen zu, der ihm fehlt, der Lambert immer gefehlt hat, was er sich jetzt, beim Versuch, dieses als schicksalhaft empfundene Fehlen durch eine Maschine wettzumachen, einmal mehr eingestehen muss.

Als Lambert sich auf den Weg zu Manfreds Laden gemacht hat, und auch davor, als er auf die Idee mit dem Aufnahmegerät gekommen ist, ist er noch überzeugt davon gewesen, ohne diesen oder irgendeinen anderen Menschen auskommen zu können. Es würde genügen, hat Lambert angenommen, sich in einen Geräuschemacher mit klingendem Namen zu verwandeln, den Rest würden Mikrofone und zwei sich endlos um die eigene

Achse drehende Spulen mit Bändern, das Miteinander von Aufnahme und Wiedergabe, für ihn besorgen. Den Hinweis, dass er auf einen anderen Menschen nicht werde verzichten können, verdankt Lambert also Manfred.

Manfreds weitere Ausführungen, etwa dass es keine Hexerei sei, diese Geräte zu bedienen, dass man dafür nicht studiert haben müsse, sondern ein wenig Freude am Herumprobieren allemal reiche, dringen nur noch in eines von Lamberts beiden Ohren. Zu viele verrückte Einfälle, wirre Ideen, tummeln sich bereits im anderen. Unzählige Fragen, darunter durchaus ernst gemeinte, aber – Lambert ist selbst erstaunt darüber – keine Spur von Verzweiflung. Es hätte genauso gut sein können, dass etwas in ihm zusammenbricht, reißt, kaputt geht, tatsächlich aber fühlt er sich in erster Linie … erlöst. Wahrscheinlich, sagt sich Lambert, hat das damit zu tun, dass er – und zwar tiefer als dort, wo die Dinge kaputt gehen – nichts anderes erwartet hat. Manfred hat im Grunde nur ausgesprochen, was Lambert die längste Zeit schon mit sich herumträgt, etwas, das sich in einem solchen Laden – anders als das Lamberts beiden Ohren möglich ist, dafür aber zum richtigen Zeitpunkt – abspielen lässt, und zwar ohne störende Nebengeräusche.

In der Folge beschränkt Manfred sich darauf, den jungen Mann durch die Gänge seines Ladens zu begleiten. Ab und zu deutet er auf einen seiner Lieblinge, nennt ihn beim Namen, hebt seine besondere Qualität hervor, bis Lambert, von zwei Halbkreisen, die aus der Manfreds Regale beherrschenden Oberkante ausbrechen, dazu veranlasst, stehen bleibt. Vom ersten Augenblick an besteht für ihn kein Zweifel daran, dass das Gerät, zu dem diese beiden Kreissegmente – eine aufgehende und eine untergehende Sonne – gehören, seine Aufmerksamkeit erregen will, und eine innere Stimme – eine von tiefer als dort, wo die Dinge kaputt gehen – sagt ihm, dass es sich dabei um so etwas wie eine Botschaft desjenigen handeln könnte, den er zukünftig benötigen wird.

Der Verdacht, Lambert habe bereits unmittelbar nachdem ihm das alles in Manfreds Laden eröffnet wurde gewusst – oder besser: sich dafür entschieden –, wer da mit ihm in Kontakt zu treten versucht, wurzelt demnach irgendwo zwischen Lamberts anfänglicher Enttäuschung, seinem vermeintlichen *Erkennen* der beiden magischen Bandteller, einer aufkeimenden neuen Hoffnung und … und dem prallen Ballon auf Manfreds dickem Bauch.

Erst sagt Manfred nämlich noch ein paar Worte über das Gerät, auf das Lambert aufmerksam geworden ist, holt es mit einem routinierten Handgriff ganz nach vorn an die Kante des Regals, betont sein ausgezeichnetes Image in der Branche, empfiehlt Lambert, über die fehlende digitale Anzeige hinwegzusehen und lädt ihn ein, es stattdessen anzufassen. Lambert hält also seine Finger an die Blende, hinter der sich – was er damals noch nicht ahnt – die Aufnahme- und die Abspielvorrichtung verbirgt, und hat das Gefühl, ein abweisendes, metallenes Gehäuse, im selben Moment aber auch einen vertrauten Organismus zu berühren. In dem Preisschild mit dem Slogan *For Your Ears Only* meint Lambert dann schon ein an ihn gerichtetes Versprechen zu erkennen.

Das, hat der übergewichtige Fachmann gesagt, sei die DX-8, er hat sogar *die gute alte* DX-8 gesagt, und dass sie für Zuverlässigkeit stehe, ihre Tonköpfe hin und wieder aber auch ganz gern in Abenteuer stecke, die über das sterile Abnehmen althergebrachter Tonleitern hinausgehe – nein, Quatsch, Letzteres dichtet Lambert Manfreds trockenem Know-how ganz einfach hinzu. Tatsächlich wiederholt Manfred zum Abschluss, dass Lambert sich nach jemandem umschauen möge, mit dem er sich eine längerfristige Zusammenarbeit vorstellen kann. Demjenigen werde er, Manfred nämlich, dann schon das richtige Gerät *verpassen*. Lambert hingegen weiß zu diesem Zeitpunkt bereits, dass ihn – anders herum – dieses Gerät, dass ihn die *gute alte* DX-8 zu diesem Menschen führen wird, wie ihre Bandspulen ihn zuvor hierhergebracht haben, wo ihm all das eröffnet worden ist. Was demjenigen an Kenntnissen oder gar an Talent fehle, werde Lambert eben wettmachen müssen – und sei es durch grenzenlose Zuneigung.

■

Lambert hat die Stopptaste gedrückt und den Schauplatz damit wieder in die Gegenwart, zu sich und zu der Schubkarre verlagert – und zu dem Turm, dessen Vergangenheit sich in die umliegenden Häuser verabschiedet zu haben scheint. Ob sich auf den restlichen Bändern, die verstreut auf dem Fußboden seines Zimmers liegen – oder bereits im Schlund von Frau Hauptmanns Staubsauger verschwunden sind –, eine Antwort auf die Frage befunden hätte, wie er von hier aus zu Sindy & Berts Studio gelangen würde? Lambert bereut es, die beiden losen Bänder nicht aneinandergeklebt zu haben. In diesem Fall hätte sich der Mechanismus der DX darum gekümmert, dass die neu entstandene Verbindung von einer Spule auf die andere verläuft und auch wieder zurückkehrt. Material gewordenes Miteinander, ständig in Bewegung, unterwegs in einer Richtung, die von zwei fest verankerten, sich um eine senkrecht verlaufende Achse rotierenden Bandtellern vorgegeben wird.

Anmutig streckt die Kaiserin, im Zentrum einer überschaubaren Parkanlage thronend, ihren rechten Arm von sich, eine Geste, die Lambert seit jeher rätselhaft erschienen ist. Eine Krähe senkt sich vom Himmel herab und schlägt, indem sie auf der kaiserlichen Gliedmaße landet, ihre ganz persönliche Lesart vor. Es hat wieder zu nieseln angefangen.

Auf dem Schoß der Monarchin liegen eine Schriftrolle und ein verzierter Stab – beides Insignien ihrer Herrschaft. Beständige Feuchtigkeit hat ihrer eisernen Physiognomie einen grünlichen Schimmer verpasst, und das warme Regenwasser sorgt jetzt dafür, dass Dunst aufsteigt. Als könne man dem herrschaftlichen Glanz beim Verpuffen zusehen, denkt Lambert. Bei seinem Versuch, Sindy & Berts ehemaliges Studio zu finden, hilft ihm die Kaiserin damit allerdings nicht unbedingt weiter. Es sind die Schienen gewesen, die Lambert und seine Schubkarre zu der kleinen Grünfläche geführt haben, die mittlerweile ihr Herrschaftsgebiet darstellt. Auf der geraden Straße, die niemanden verlorengehen lässt, ist zumindest die Erinnerung an den Weg hierher zu Lambert zurückgekehrt. Er erinnert sich, dass er – damals als Bert – gemeinsam mit seinem Toningenieur ab und zu am Kaiserinnendenkmal vorbeigekommen ist. Lambert weiß sogar noch, wie er Sindy beim ersten Mal erklärt hat, dass es sich bei den vier zu Füßen der Kaiserin kauernden Figuren um die Kardinaltugenden – Gerechtigkeit, Kraft, Milde und Weisheit – handle. Sogar Sindys Kommentar hat er nicht vergessen. Er lautete in etwa, dass sich die Handbewegung der Kaiserin an eben diese Tugenden richte und sie auffordere, sich untertänigst zum Teufel zu scheren.

Die Büsche rund um das Denkmal – früher einmal fein säuberlich zu Kugel, Kegel und Zylinder geschoren – sehen aus wie eine Meute verwahrloster Pudel, die daran verzweifeln, jenes trostlose Gärtchen zu verteidigen, zu dem das einst prächtige Reich ihrer Besitzerin inmitten eines Ensembles repräsentativer Gebäude zusammengeschrumpft ist. Vögel hüpfen unbekümmert von einem der noch vorhandenen Rasenfetzen zum nächsten. Der vornehmste unter ihnen hat auf dem Unterarm der Monarchin Platz genommen – als handle es sich bei ihr um eine ein wenig pompös geratene Vogelscheuche, deren Kostümierung dem Tier, ungeachtet der Üppigkeit ihrer Formensprache, nichts vormachen kann.

Für Lambert besteht kein Zweifel daran, dass die DX, unter ihresgleichen allemal eine Majestät, ein solches Denkmal tausendmal mehr verdient hätte als die fette Kaiserin. Allein schon in Anbetracht ihrer Aufnahmekapazität, vor allem jedoch aufgrund ihrer Diskretion. Andererseits ist die DX, obwohl ebenfalls längst Teil der Geschichte, noch am Leben und verfügt in Form von Lamberts Schubkarre sogar über ein Podest, um darin durch jene Gegend geschoben zu werden, in der sie früher einmal werktätig gewesen ist. Das hier ist weder der richtige Ort noch die passende Gesellschaft für eine selbstlose und fragile innere Struktur wie jene des Aufnahmegeräts in Lamberts Schubkarre.

Wie es aussieht sind sie beide hier aber ohnehin ebenso wenig erwünscht wie die Tugenden – und doch hat Lambert nicht unbedingt das Gefühl, er werde aufgefordert, sich davonzuscheren. Viel eher macht ihn die Kaiserin darauf aufmerksam, dass er hier nichts verloren hat, dass er nicht hierhergehört, sondern … und zum ersten Mal meint Lambert einen Sinn in der imperialen Geste zu erkennen: Die Monarchin weiß, *wo es langgeht*. Sie zeigt Lambert den Weg. Ihre Handhaltung mag lästige Moralapostel auf Abstand halten und einer Krähe als Landeplatz dienen, gemäß der universellen Verfügbarkeit einer Figur, die in der Geschichte zumindest eines Landes Platz genommen hat, hält sie allerdings Anregungen für eine ganze Reihe von Anliegen – darunter auch x-beliebige – bereit. Für Lambert bedeutet das einen ersten Anhaltspunkt. Der Fingerzeig der Herrscherin sagt ihm, dass er sich auf dem richtigen Weg befindet.

Auf dem ihm von der Kaiserin empfohlenen Weg drohen Lambert dann allerdings wiederholt die Kräfte auszugehen, und in diesen Momenten der Schwäche hat er den Eindruck, dass es ihm nicht einmal gelingen dürfte, Frau Hauptmanns in Ammoniak gehüllten Schatten abzuschütteln. Seit er von zu Hause aufgebrochen ist, hat Lambert das untrügliche Gefühl, seine Haushälterin folge ihm in gleichbleibendem Abstand. Offenbar sind die Jahre, die er mit ihr verbracht hat, nicht folgenlos geblieben. Egal wohin er sich wendet, Lambert könnte schwören, dass Frau Hauptmanns Staubsauger mit seinem endlos langen Schlauch hier irgendwo sein muss. Ungeachtet des Umstands, dass er sich unterwegs in einer von einer Persönlichkeit historischen Ausmaßes gewiesenen Richtung befindet, scheint Lamberts Bewegungsradius nach wie vor von seiner Haushälterin kontrolliert zu werden. Frau Hauptmann hält sich hier in der Nähe auf, weicht ihm nicht von der Seite, genau wie das, was … übrigens schon die längste Zeit … neben Lambert und seiner Schubkarre zu verlaufen scheint, was ihnen folgt, zu ihnen aufgeschlossen hat, und sie im selben Moment überholt.

Lambert hat nicht vor, sich vom Weg abbringen zu lassen – schon gar nicht von einem Gedanken an seine Haushälterin. Umso intensiver konzentriert er sich darauf, seine Schubkarre einigermaßen in Balance zu halten. Mit der Zeit wird die Ablenkung dann aber doch zu groß, und Lambert gerät aus dem Takt, die Schubkarre ins Wanken, und ein paar Meter weit eiern die beiden dahin wie eine Schallplatte, die ihren Mittelpunkt verloren hat.

Dann bleibt Lambert stehen. Er will sich davon überzeugen, ob das, was da neben ihm herläuft, ebenfalls innehält oder sich, seine eigenen Ziele verfolgend, weiterbewegt. Tatsächlich tut es beides, verläuft und bewegt sich dabei gar nicht, erstreckt sich und rührt sich dennoch nicht vom Fleck. Es handelt sich nämlich um einen Zaun, der denselben Weg zu haben scheint wie Lambert, und als Lambert sich wieder in Bewegung setzt, verstrickt er sich prompt in einige an dessen mageres Geflecht geknüpfte Fragen. Lambert will wissen, wann der Zaun sich ihm angeschlossen habe, wohin er verlaufe, ob ihn sein in Mitleidenschaft gezogenes Gehör in eine Falle habe tappen lassen, vor allem aber, ob er sich mit seiner Schubkarre diesseits oder jenseits befinde.

Auf der anderen Seite des Zauns erstreckt sich eine Wiese, in der unzählige Dinge herumliegen, jedes einzelne mit sich selbst beschäftigt, schon lange nicht mehr heil und, wie es aussieht, niemandem mehr einer Ordnung wert. Lamberts Blick verliert sich in diesem Chaos, streift wahllos darin herum, bis er sich von einem im Gras lümmelnden Liegestuhl aus Holz und Leinen, der bereits mindestens einmal gebrannt haben dürfte, aufgefordert fühlt, ein wenig zu verweilen. Neben dem Liegestuhl ragt ein Metallrohr aus dem Klumpfuß eines Sonnenschirms, der sich an einem der letzten sonnigen Tage aus dem Staub gemacht zu haben scheint. Zusammengesunken döst eine Hüpfburg vor sich hin. Eine Menge angehäuftes Spielzeug – eine Regenbogenspirale, ein Gebiss mit Aufziehmechanismus und mehrere Exemplare der gleichen Micky Maus aus Plastik.

In den Jahren des Goldenen Zeitalters der Requisiten hat Sindy & Berts *Kinderzimmer* einen vergleichbaren Anblick geboten wie die Wiese jenseits dieses Zauns. Bert hatte sein Material an den entlegensten Orten aufgestöbert, auf Dachböden, Flohmärkten und bei Wohnungsauflösungen. Er hatte Ahnungslose um ein Erbstück erleichtert und Abwanderungswillige von einer allzu schwerwiegenden Erinnerung befreit. In der Folge lief Berts Tätigkeit auf ein Zerstören hinaus, ein Malträtieren jener Objekte, über deren Auffinden er sich kurz zuvor gefreut hatte wie über das Eintreffen eines ersehnten Spielkameraden. Um sich in den Besitz des einen oder anderen Objekts zu bringen, hatte er gelegentlich sogar in die Rolle eines Schwindlers schlüpfen müssen, der einem alten Mütterchen ein herzliches Andenken – eine Brennschere inklusive funktionstüchtigem Erhitzer, eine Registrierkasse samt Kurbel – mit dem Versprechen abschwatzte, es in Ehren zu halten, um ihm kurz darauf in der Abgeschiedenheit seines unterirdischen Verlieses Geräusche abzuringen, die kaum jemand einem liebgewonnenen Andenken zugetraut hätte.

Berts innige Beziehung zu einzelnen dieser Dinge basierte auf dem Umstand, dass sie, als er ihnen in einem Wust von uninspiriertem Gerümpel begegnet war, zu ihm *gesprochen* hatten. Sie hatten ihn auf sich aufmerksam gemacht, indem sie ein Geräusch verhießen, das vermeintlich in ihnen verborgen lag und sich bei sachgerechter Handhabe von seiner Unhörbarkeit würde befreien lassen. Zahllose Gegenstände hatte Bert auf diese Weise von dem für sie vorgesehenen Schicksal des sinnlosen Dahinschmachtens auf einer Müllhalde, in manchen Fällen gar des Eingeschmolzen-Werdens bewahrt. Bestimmten Geräuschen in einem Objekt – einem Bilderrahmen, einem Römertopf, einer Tintenpatrone – nachzuspüren, entsprach seiner Neigung, sich einer Verspieltheit mit geradezu wissenschaftlichem Ehrgeiz hinzugeben.

Berts Ausstattung umfasste aber auch Standards wie eine von der Studiodecke hängende Kinderschaukel, ein Planschbecken, um, wenn es die Situation erforderte, aus dem Gleichgewicht zu geraten und hineinzuplumpsen, einen kaputten Kühlschrank, dessen Tür beim Öffnen anders quietschte als beim Schließen, einen Duschvorhang, den Bert zuziehen konnte, ohne dadurch so etwas wie eine Intimsphäre zu schaffen, sowie ein Doppelbett inklusive Matratze, die er wie ein Trampolin oder sonst ein Turngerät nutzte.

Angesichts der versöhnlichen Gleichwertigkeit, mit der die Dinge jenseits des Zauns ungeachtet ihres ursprünglichen Preises einfach nur so in der Wiese liegen, verspürt Lambert das Bedürfnis, durch eine der ausgezehrten Maschen hindurchzugreifen. *Hinzugreifen* würde allerdings eine Beziehung voraussetzen, wie sie zwischen einem Virtuosen und seinem Instrument, einem Dirigenten und seinem Orchester herrscht.

Das Goldene Zeitalter

In den Jahren des Goldenen Zeitalters der Requisiten, als inzwischen längst verbotene oder schlicht nicht mehr erhältliche Wirkstoffe und Substanzen das Klangspektrum noch bereichert hatten, nahmen Sprühdosen und Zerstäuber die vorderen Ränge unter Berts liebsten Instrumenten ein. Mit Hilfe sorgfältig aufeinander abgestimmter Sprays, die unter je eigenem Druck standen, gelang es ihm, Geräuschkulissen heraufzubeschwören, deren vielfältige Akustik sogar einen Laien begeistert hätte, vorausgesetzt dieser hätte auch nur den Hauch einer Idee davon gehabt, welch außergewöhnlichen Einfallsreichtums es bedarf, etwas, das es nicht gibt, wie etwas klingen zu lassen, das Bildern den Anschein von Wirklichkeit verleiht.

Ungeachtet der widrigsten Aufnahmebedingungen, die sich auf das Sprühverhalten und gleichzeitig auf sämtliche damit einhergehende Geräusche inklusive ihrer Assoziationsaura auswirkten, umfasste Berts Palette sowohl arktische Kälte – so klirrend, dass der Atem sämtlicher Laien vor ihrem geistigen Auge sichtbar wurde – als auch einen aufgrund von Überhitzung stöhnenden Druckkochtopf, einen Kometenschauer, ein leckes Schlauchboot mitten auf dem Ozean, eine Giftschlange außerhalb ihres Terrariums sowie Explosionen, die Bert Sprühdosen entlockte, indem er eine Mikrowelle, in die er sie zuvor eingeschlossen hatte, auf vollen Touren laufen ließ.

Sprühen erwies sich als einzigartiger akustischer Kitt. Gesprüht wurde zwischen überwältigenden Bildsequenzen, als keuche das Geschehen vor lauter Ereignisreichtum, als hole die Reproduktionsmaschinerie kurz Luft, ehe der soeben erreichte Höhepunkt eine gerade noch für unmöglich gehaltene Steigerung erfahren sollte. Sprühen animierte zum Schweigen, hörte sich nach einer immateriellen Drohung an, klang nach einer vagen Spur, einem Kondensstreifen vergleichbar, den etwas hinterlässt, das unter großem Druck aus einer winzigen Öffnung strömt.

Ähnlich zufriedenstellende Ergebnisse erzielte Bert später nur noch mit Brausetabletten. In wohltemperierten Flüssigkeiten aufgelöst ließ sich diesen eine außerordentliche Bandbreite an Geräuschen abringen, die an die Heiserkeit gefühlvoll bearbeiteter Schlagzeugbecken heranreichte. Etwas, das den inexistenten Klang von Elektrizität hörbar machte, die Akustik einer Welt unterhalb des Meeresspiegels, wo sonderbare Kreaturen anzutreffen waren. Wesen, wie sie der Fantasie von Regisseuren und Maskenbildnern entsprangen.

▸▸

Ob die Kaiserin Lambert mit ihrer Geste nur darauf hinweisen wollte, wo er den Inhalt seiner Schubkarre entsorgen könnte? Falls ja, handelt es sich dabei um einen Irrtum von geradezu majestätischem Ausmaß. Ein Gerät wie die DX wird schon allein aufgrund der Loyalität, die sie bewiesen hat, niemals auf eine solche Wiese gehören. Hier landet, was nie ein richtiges Zuhause gehabt hat, was für niemanden je von Bedeutung war.

Kann es sein, dass die Monarchin in ihrem aufgesetzten Großmut über solche Kleinigkeiten hinwegsieht? Typisch. Deswegen ist es mit ihrer Regentschaft auch vorbei, und sie sitzt reglos auf ihrem Thron wie die Galionsfigur eines vor langer Zeit gesunkenen Vergnügungsdampfers. Wer nicht viel mehr als die für ihn einsehbaren Quadratzentimeter überblickt, sollte mit Ratschlägen für andere sparsam umgehen.

Vielleicht kommt hier gelegentlich sogar noch irgendwer vorbei, um nach etwas Nützlichem Ausschau zu halten. Die Chance, dass sich darunter ein Mensch mit ernsthaften Absichten befindet, dürfte allerdings gleich null sein. Typen wie Bert gibt es nicht mehr, und falls es doch noch welche gibt, ist es ihnen nicht gestattet, frei herumzulaufen. Wer könnte das besser beurteilen als Lambert?

Sofern sich überhaupt noch jemand für Dinge, wie sie hier versammelt sind, interessiert, dann am ehesten bezüglich ihres aktuellen Marktwerts, vielleicht auch ihrer Verwendbarkeit für das, wofür sie ursprünglich konstruiert wurden, jedoch mit Sicherheit nicht im Hinblick auf eine möglicherweise in ihnen verborgene Stimme, mag diese bisher auch kaum je zu hören gewesen sein.

Im Übrigen werden künstliche Geräusche mittlerweile fast ausschließlich mit Hilfe von Computern erzeugt, und unter diesen wartet selbst der leistungsschwächste mit einem breiteren Spektrum auf als all das, was auf dieser Wiese ausgebreitet liegt. Ein Computer vermag wie das alles zu klingen, täuschend echt, zum Verwechseln ähnlich, haarscharf daran vorbei oder *genau wie früher*, und dennoch basiert, was er hervorbringt, auf nichts als Berechnung. Ein Orchester der Zahlen anstatt der Sachen, der Chor eines einzelnen unendlich variablen Gesangs. Monoton, verglichen mit einem Maestro im nicht alltäglichen Umgang mit alltäglichen Gegenständen, wie Bert einer war. Für Berts Einfühlungsvermögen gibt es jedoch auch nicht mehr die passenden Ohren. Bert gibt es schließlich auch nicht mehr – nur noch Lambert, und selbst dessen Gehör wird immer schwächer.

Die Trödelwiese ist eine Trauerstätte, ein Massengrab des unbekannten Alltagsgegenstands. Was sich hier wiederfindet, wartet, sich selbst überlassen, ohne Schmerz oder Freude zu empfinden auf die Unendlichkeit. Für Lambert und die DX ist das nichts weiter als ein Zwischenstopp. Fragt sich nur, welche Richtung es für sie beide einzuschlagen gilt. Ob die Antwort darauf irgendwo in diesem Chaos liegt? Zunächst sieht Lambert sich die Micky Mäuse an. Er wäre nicht der erste Mensch, dem eine von ihnen auf die Sprünge hilft. Die Regenbogenspirale beachtet er hingegen nicht weiter. Ihr sich um die eigene Achse windender Verlauf ist darauf ausgerichtet, bergab zu steigen. Umso genauer vergewissert Lambert sich, ob eines der Gebisse etwas zu sagen hat. Bildet er sich das nur ein, oder steckt hinter dem Neigungswinkel des geknickten Turms der aufblasbaren Burg die Absicht, seine Aufmerksamkeit auf das andere Ende der Wiese zu lenken? Als sein Blick probehalber dorthin aufbricht, stößt Lambert auf eine altertümliche Schreibmaschine, und deren Anblick ruft ihm in Erinnerung, dass sich Bert wie kein anderer darauf verstand, das Verhör eines fälschlicherweise der Spionage Verdächtigen mit nichts als einer solchen Tastatur so ablaufen zu lassen, dass es für die Kinozuschauer bereits nach ein paar Minuten unerträglich wurde.

Um das zu erreichen, machte Bert sich die Vorliebe des Publikums für maßlos übersteigerte Klangbilder, wie sie sich in einigen Jahrzehnten Tonfilm herausgebildet hatten, zunutze. Ein Faustschlag etwa musste sich, um glaubhaft zu wirken, anhören wie ein nasser Fetzen, der mit voller Wucht auf den Steinboden einer Kathedrale klatscht. Das Geräusch eines Revolverschusses hätte man ohne dazugehöriges Bild glatt für einen Peitschenhieb gehalten. Sofern es sich um ein Ereignis handelte, das der durchschnittliche Zuschauer aus seinem Alltag nicht kannte und so bald auch nicht kennenlernen würde – und ein sadistisches Verhör durfte zu dieser Gruppe gerechnet werden –, gab Bert Übertreibungen, ungeachtet ihrer geringen Glaubwürdigkeit, den Vorzug. Eine derartige Verzerrung fungierte gewissermaßen als reinigende Einsicht, erweckte den Anschein einer Form von Unschuld. Einer Unschuld, die sich der Realität gegenüber verhielt wie in Anbetracht eines Vorbilds.

Früher, denkt Lambert, hätte er sich an einer solchen Schreibmaschine unverzüglich ausgetobt. Aber *früher* hat es sich bei ihm auch noch um Lambert von Sindy & Bert gehandelt, nicht bloß um Lambert von Lambert & dem alten Mann – einem alten Mann, dem völlige Gehörlosigkeit bevorsteht. In seinem momentanen Zustand würde sich ein aussichtsloser Schreibversuch am ehesten für das Verfassen eines Abschiedsbriefes eignen. Und an wen sollte er einen solchen denn richten? An seinen ehemaligen Toningenieur? Etwa, um ihn gemeinsam mit der DX zu überbringen? Vielleicht sollte Lambert den Brief aber auch an jenen Heranwachsenden richten, der einst davon geträumt hat, zum Film zu gehen. Nicht wie alle anderen, die diesen Weg einschlugen, um Schauspieler oder Regisseur zu werden, sondern um hinter den Kulissen zu agieren.

Darin lag – zumindest hat Bert sich das stets so erklärt – der eigentliche Grund dafür, weshalb man in ihm, das heißt natürlich in Lambert, den komischen Kauz sehen wollte und nicht bloß den harmlosen Spinner, der zu sein jungen Menschen zumindest vorübergehend zugestanden wird. Dass einer es vorzog, sich um die Hintergrundgeräusche zu kümmern, anstatt andere Menschen zu verkörpern, eine Geschichte in Bilder umzusetzen oder wenigstens Sorge dafür zu tragen, dass die Landschaft stimmungsvoll in Szene gesetzt wird, erschien vielen dann doch einigermaßen verdächtig. Als nicht gerade hilfreich erwies sich überdies, dass es Lambert, zumal ehe Bert aus ihm geworden war, alles andere als leicht fiel zu erläutern, weshalb Geräuschen eine ganz entscheidende Rolle beim Inszenieren von Geschehnissen zukomme. Seit seiner Begegnung mit der Brücke war es für ihn ganz einfach selbstverständlich, Bilder allein schon um ihrer Glaubwürdigkeit Willen unter gar keinen Umständen der Stille zu überlassen.

Als Bert damit begann, gelegentlich darauf aufmerksam zu machen, wie viel *augenblicklicher* der Fantasie entsprungene Geschehnisse den für sie vorgesehenen Platz in der Vorstellung eines Publikums fänden, wenn sie von einer Tonspur begleitet wurden, achteten die meisten schon nur noch auf die von ihm hervorgebrachten Geräusche. Die Mehrheit hatte sich damit abgefunden, dass etwas Geheimnisvolles damit verbunden bleiben würde. Erst seit überhaupt niemand mehr zuhört, meint Lambert begriffen zu haben, dass vielen einfach nur *geheimnisvoll* erscheint, dass ihr Gehör in der Lage ist, ein breiteres Spektrum wahrzunehmen als vergleichsweise ihre Sehkraft. Geheimnisvoll, dass ihre Ohren sich, sofern ihnen nichts zu hören gegeben wird, von alleine etwas suchen. Wie bedauerlich, dass Lambert, kurz davor, sein eigenes Gehör zu verlieren, niemand geblieben ist, um ihm oder ihr das auseinanderzusetzen.

Soll er sich etwa ausgerechnet bei der DX darüber beklagen, dass für die meisten Menschen das künstliche Erzeugen von Geräuschen seit jeher in eine Epoche gehört, von der sie angenommen haben, sie sei spätestens mit der Einführung der Tonaufnahme überwunden gewesen?

Das damit verbundene Image des Unzeitgemäßen ist Lambert zufolge nämlich nicht nur für das mangelnde Interesse, das die Öffentlichkeit für dieses Gewerbe erübrigt, verantwortlich, in ihm liegt auch die Ignoranz seitens der Unterhaltungsindustrie begründet. Diese geradezu feindselige Gleichgültigkeit demgegenüber, womit Bert sich sein Leben lang beschäftigt hat, lässt sich nur mit einer tief sitzenden Verunsicherung erklären, die wiederum mit einer im systematischen Nachbilden von Geräuschen skizzierten, mit einer *anderen* Wirklichkeit zu tun haben dürfte. Einer Wirklichkeit, die zwar Parallelen zu jener, die man auf der Leinwand zu sehen bekommt, aufweist, die allerdings *anders* funktioniert.

Eine derartige Andersartigkeit lässt sich wiederum nur nachvollziehen, sofern man verstanden hat, dass, was immer eine Szene akustisch begleitet, nur glaubhaft wirkt, sofern es durch eine andere Tätigkeit hervorgerufen wurde als jene, die das Publikum zu sehen bekommt. *Lebendig* werden demnach nur Geräusche, denen das Bestreben zugrunde liegt, etwas vorzutäuschen, und das gilt insbesondere für das, was zwar zu hören, aber nicht zu sehen ist – das Knarren einer Holzstiege, eine Tür, die ins Schloss fällt, Wind, der eine Fensterscheibe zittern lässt.

Das erst einmal begriffen, kommt niemand mehr auf die Idee, hinter der Arbeit an den Geräuschen nichts anderes zu vermuten als das Herumbasteln an einer Atmosphäre, die das Gemurmel und Gekicher, das von den Nebensitzen dringt, ebenso miteinschließt wie das Rascheln der Plastiktüten oder die über Becherböden keuchenden Trinkhalme.

Während Lambert über die zahlreichen Ungerechtigkeiten, die dem Hervorbringen von Geräuschen innerhalb der Branche widerfahren sind, nachdenkt und sich dessen Unentbehrlichkeit immer wieder in Erinnerung ruft, fühlt er sich – vielleicht weil außer ihm, der Schubkarre und der DX niemand anwesend ist, vielleicht aber auch aufgrund der Inbrunst, mit der er sich seinen Gedanken hingibt – mit einem Mal selbst angesprochen.

Ist er ebenfalls unentbehrlich, und falls ja, dann zu Unrecht vom Aussterben bedroht? Lambert kommt sich vor, als hätte er, ohne etwas davon zu bemerken, ein zur Gänze mit Spiegeln ausgekleidetes Foyer betreten – einen Raum, der größer wirken will, als er tatsächlich ist. Um die Situation wieder in den Griff zu kriegen, denkt er daran, wie viele Strecken er bereits zurückgelegt hat, ohne sich dabei von der Stelle zu rühren, und lässt, im Stil eines geübten Redners, der weiß, welche seiner Bemerkungen extra Raum für die von ihr ausgelöste Verwunderung benötigen, eine Pause folgen.

Weil diese Wege allesamt durch ein Studio verlaufen sind, lautet die Antwort auf die in dieser Vorstellung verborgene Frage, was Lambert – das steht für ihn fest –, hätte ihm jemand zugehört, ein anerkennendes Schmunzeln einbringen würde. In der Welt der künstlich hervorgerufenen Geräusche resultiert die Glaubwürdigkeit nun mal aus einer Reihe von Absurditäten. Sieht man im Film jemanden eine Autotür zuschmeißen, wurde jenseits der Kamera zwar ebenfalls eine zugeschmissen – allerdings nicht, weil sie nicht offen bleiben sollte. Lambert ist heute noch überzeugt davon, dass ein wesentlicher Strang menschlicher Kommunikation in einem damit vergleichbaren Bestreben wurzelt – und zwar in einer Tiefe, in die kein Computer je hinabreichen wird.

Ein Arbeitstag im Sägewerk

Als eines Tages das staatliche Fernsehen mit der Bitte an Sindy & Berts Tür klopfte, den Beitrag einer Sendereihe, deren Absicht darin bestand, jungen Menschen bei der Wahl ihres Berufes behilflich zu sein, nachträglich zu vertonen – auf die Originalaufnahme hatte sich ein unerklärliches Störgeräusch verirrt –, war es Bert, der um ein wenig Bedenkzeit bat.

Bert überlegte nicht etwa, ob er die erforderliche Geräuschkulisse – ein Arbeitstag im Sägewerk – glaubhaft hinbekommen würde. Ebenso wenig bereitete ihm der Umstand Kopfzerbrechen, dass es sich um keinen Spielfilm, sondern um die Aufzeichnung realer Geschehnisse handelte. Bert wartete mit seiner Zusage, bis er lange genug in sich hineingehört hatte, um sicher sein zu können, dass er bereit dazu war, *die Küche zu betreten*, einen Ort, in dem er seit seinen Anfängen nicht mehr gearbeitet hatte.

Um die Bilder eines Sägewerks wie ein Sägewerk klingen zu lassen, benötigte Bert nämlich in etwa jene Instrumente, derer man sich im Allgemeinen bedient, um schlichte Lebensmittel in anspruchsvolles Backwerk zu verwandeln. Nachdem er sich dazu entschlossen hatte, für eine, höchstens zwei Aufnahmesessions an einen jener Nachmittage seiner Kindheit zurückzukehren, kamen Küchenreibe, Schneebesen, Handmixer, Kuchengitter, mehrere Siebe – gröbere und feinere in unterschiedlicher Größe – zum Einsatz. Sindy sah Bert mit einem Nudelholz hantieren, einen Dressierbeutel verwenden, er beobachtete, wie Alufolie, Butterbrot- und Backpapier durch die Finger seines Partners glitten. Außerdem verarbeitete Bert einen ganzen Batzen Teig sowie allerhand, das sich zermahlen ließ: Brösel, Kokosraspeln, Schokosplitter und Kristallzucker, um damit zu knirschen, Eier – eigentlich nur Eierschalen – und Nüsse.

Bert hielt Backen für zivilisierter als Verköstigung, für besinnlicher als Naschen, für qualifizierter als das Aufstöbern jedes noch so ausgefallenen Leckerbissens. Backen repräsentierte seinem Empfinden nach eine Kultur der Sesshaftigkeit. Eine Vielfalt einzeln weitgehend stummer, an Staub, Regen und Erde, aber auch an Materialien wie Zement, Holz oder Lehm erinnernder Zutaten fand beim Backen zu einem bezaubernden Aroma zusammen. Die damit einhergehende Atmosphäre von Eintracht und Geborgenheit basierte für Bert, der gewohnt war, sämtliche Zusammenhänge in seinen Gehörgängen herzustellen, wiederum auf den Geräuschen, die diese Form der Zubereitung hervorbrachte. Und sollte es nicht auf diesen Geräuschen basieren, so waren sie immerhin das unmittelbare Ergebnis einer solchen Metamorphose, verliehen einer hinreißenden Transsubstantiation erst die ihr eigene, alle Sinne ansprechende Delikatesse. Im Geräusch des Knetens, im Geräusch des Zerkleinerns, Zermalmens, Zerdrückens, Zerquetschens, im Klang der Hitze im Backofen.

Den Gesang der Kreissäge, die in einem holzverarbeitenden Betrieb unausgesetzt am Rotieren ist, entlockte Bert, dessen Erinnerungen an früher ein solches Kreischen durchaus vertraut war, einer elektrisch betriebenen Mühle. Drang das Sägeblatt in etwas ein (Mehl wird auf das kreisende Schlagwerk der Mühle gestreut, was in *anderen* Augen aussieht wie auf eine Turbine rieselnder Schnee), krümmte sich das Gekreische hysterisch, wand, kaprizierte sich. War ein Balken schließlich durchgeschnitten, kehrte der Gesang – beinahe befreit – wieder zu seinem Grundton zurück (die Rotation hat das Mehl außer Reichweite befördert wie ein Fahrzeug im Winterdienst, das den Schnee von der Fahrbahn spuckt).

In einem solchen, einem von Klängen und Geräuschen nur so wuchernden Dickicht kannte Bert sich aus. Er erhitzte, löschte, schlichtete, dass es nach Stapeln klang, er zerbrach und rief damit eine Vorstellung von Zerbersten hervor, ließ es krachen, dämpfte ab, während Sindy darum bemüht war, jede noch so zurückhaltende Verlautbarung zu registrieren und – damit so wenig wie möglich an Authentizität verloren ging – einiges davon bereits im Rohzustand abzumischen.

Auf diese Weise gewann Berts Klangbild an Kontur und Plastizität hinzu, nahm Farbigkeit an, wurde um raffinierte Nuancen bereichert, und Berts Toningenieur dämmerte – einem Keks vergleichbar, der in Rum getränkt und mit Zucker bestreut wieder zu sich kommt –, dass er etwas Größerem beiwohnte als bloß einer weiteren Kostprobe des Könnens seines Kompagnons. Sindy begleitete Bert zurück in Lamberts Kindheit, wobei sich seine Aufgabe unterwegs nicht aufs Abnehmen und Ausbalancieren der hervorgerufenen Geräusche beschränkte, sondern ein Eintrag in das Tagebuch des Menschen hinter dem Virtuosen daraus wurde.

Am Höhepunkt seines Rundgangs durch ein Sägewerk – die TV-Sendung widmete sich den Eigenschaften verschiedener Holztypen, der Fingerfertigkeit der Arbeiter, der Gefräßigkeit des Holzwurms und der Unfallgefahr beim Anliefern – brachte Bert, zugleich der Gipfel seiner *Geräuschesuite*, einen Chor, bestehend aus Nussknackern, zum Einsatz.

Obwohl durchaus auch im herkömmlichen Sinne musikalisch, dachte Bert, wenn es um Nussknacker ging, nicht zwangsweise an Tschaikowski, sondern an eine Kompanie feister Kerle, verschieden groß, einige davon aus exotischen Hölzern, mit simpler, in einzelnen Fällen auch anspruchsvollerer Mechanik. Bert hatte die durchwegs bärtigen Fantasiewesen weder bei Altwarenhändlern aufgestöbert noch von Zierregalen heruntergeholt, er hatte sie direkt von diversen imprägnierten Schlachtfeldern der Zerkleinerung rekrutiert. Die meisten von ihnen hatten, als sie in seine Dienste traten, die Menschen bereits geraume Zeit bei ihrer Verköstigung unterstützt. Einige der hölzernen Gesellen hatten Kindern einen solchen Schrecken eingejagt, dass diese auch als Erwachsene noch etwas Bedrohliches mit ihnen verbanden.

Die Nussknacker waren scharf aufs Zerbrechen, den Inhalt spien sie zum Verzehr auf den Tisch (wie das Fahrzeug im Winterdienst, das den Schnee durch sich hindurchpumpt, als benötige sein Inneres eine sich fortwährend regenerierende Kühlung). Die Nussknacker trennten Essbares nicht von der Schale. Ihnen genügte die Gewissheit, einen Widerstand gebrochen und das damit einhergehende Geräusch fabriziert zu haben.

Bert schätzte die unbedingte Disziplin seiner Assistenten, die ihren Mund nur auf Kommando öffneten, um eine Nuss nach der anderen zwischen ihren Kiefern – den einzig beweglichen Gliedern ihrer ansonsten strammen Haltung – zu zermalmen. Die verschiedenen Nüsse übernahmen dabei die Rolle von Noten, die das Notenblatt verlassen hatten, um ihre harte Schale unter Preisgabe sämtlicher ihnen innewohnender Geräusche einzubüßen. Erdnüsse, Walnüsse und Kastanien verabschiedeten sich lautstark – Haselnüsse, Paranüsse, Mandeln, Kastanien und Pistazien machten etwas weniger Getöse beim Zerbersten. Wurden sie jedoch alle gemeinsam einer Phalanx dieser alten Knacker in den Mund gelegt und auf Berts

Handbewegung gleichzeitig zerquetscht, ergab das eine Geräuschkaskade, die die mit der Rodung eines Waldstücks verbundene Brutalität auf den entsprechenden Bildern erst komplettierte.

Alles, was an Lambert nicht mehr so ist wie früher, befindet sich auf der anderen Seite dieses Zauns. Bert befindet sich auf der anderen Seite, er befindet sich auf der Wiese. Bert wäre längst in die schläfrige Hüpfburg eingezogen und hätte auf das Geräusch geachtet, das seine Schritte dabei erzeugen. Bert hätte eine der Micky Mäuse in die Hand genommen, um sie zu begutachten – nicht wie ein Sammler, dem es darum geht, wie viel von ihrem liebenswerten Wesen übrig geblieben ist, sondern auf der Suche nach dem Exemplar, das sich am effektivsten mit Luft vollpumpen und zum Zerplatzen bringen ließe, jenem, das am ehesten dazu geeignet wäre, mit Zement ausgegossen und gegen eine verflieste Wand geschleudert zu werden.

Und Lambert?

Lambert weiß noch nicht einmal, wo er den Eingang suchen soll. Oder muss es *Ausgang* heißen?

In Momenten wie diesen bleibt der Schubkarre gar nichts anderes übrig, als die Führung zu übernehmen. Sie tut das nicht, um Lambert Konkurrenz zu machen oder weil sich in ihr etwas befindet, das sie dazu autorisiert. Sie tut das nur vorübergehend – um Lambert, der sich vorzustellen versucht, wie es wohl klingt, wenn der harte Kern einer mit Zement ausgegossenen Micky Maus auf eine Keramikfliese trifft, daran zu erinnern, dass er das Ende seines Wegs noch nicht erreicht hat.

Beide Hände an den Plastiküberzügen der Schubkarrengriffe folgt Lambert den Schienen, die noch zirka hundert Meter parallel zum Zaun verlaufen, dann jedoch abrupt abbiegen, darunter hindurchschlüpfen und sich im Wirrwarr der unzähligen Dinge verlieren. Es sieht beinahe so aus, als hätte jemand das Gerümpel hier ausgeleert, um – sollte der Zaun dazu nicht in der Lage sein – jegliches Weiterkommen zu blockieren. Für Lambert ein Zeichen, Ausschau nach einer neuen Spur zu halten.

Die einzige Alternative besteht in einer schmalen, asphaltierten Straße, die ungefähr dort, wo die Schienen unter dem Zaun verschwinden, unter demselben hervorschaut, um sich – anders herum – in jene Richtung zu erstrecken, in der Lamberts Vermutung nach Zs innerer Bereich liegen dürfte. Daraus ergibt sich allerdings die Notwendigkeit, die Schubkarre vom Schienenstrang herunter über die Reste einer Art Gehsteiginsel zu befördern, und dabei unterstützt Lambert sie mit so viel Schwung, dass ihr Rad prompt über die Kante stolpert und ein paar Mal irgendwie *dümmlich* auf und ab hüpft, während er seinerseits ins Taumeln gerät, mit dem Schubkarrengestänge ringt, vielmehr *tanzt*, und die DX in der verbeulten Mulde hin und her geworfen wird.

Als Lambert schließlich in die asphaltierte Spur gefunden hat, kommt er sich zwar sanft, aber doch spürbar *angeschoben* vor. Als wäre er in einer mit etwas Schonendem ausgelegten Bahn gelandet und treibe nunmehr diese entlang. Es ist ein Gefühl, als habe er einen Impuls empfangen und bewege sich auf einen Bestimmungsort zu. Was noch nicht völlig klar scheint, ist, wann und über welche Umwege er diesen erreichen wird. Es wird weitere Hindernisse geben. Etwas mag ihm in die Quere kommen, ihm heikle Aufgaben stellen, wie das Gleichgewicht zu halten, sich dünn zu machen, ausreichend Geschwindigkeit aufzunehmen, sich für eine von mehreren Abzweigungen zu entscheiden. Sofern Lambert sich jedoch nicht von diesem Weg abbringen lässt, wird er – soviel steht fest – sein Ziel erreichen. Links und rechts verlaufen Gehsteigkanten und achten darauf, dass er Kurs hält. Sie begleiten ihn wie das, was war, und das, was sein wird.

Nachdem Lambert und seine Schubkarre eine Zeit lang der asphaltierten Straße gefolgt sind, taucht wie aus dem Nichts ein von Finsternis erfüllter Schacht vor ihnen auf, und obwohl eigentlich kein Freund von Abkürzungen sorgt Lambert, der sich von diesem dunklen Loch auf unerklärliche Weise angezogen fühlt, dafür, dass die Schubkarre darauf zusteuert. Er denkt an das Nichts unterhalb seines Sofas, und er sagt sich, dass der Zement in einer Micky Maus einen Sprung auf der Fliese hinterlässt, ihre elastische Oberfläche jedoch für ein gedämpftes, alles in allem zurückhaltendes Geräusch sorgt – vergleichbar einem Schlag nach jemandem, dem man eigentlich nicht wehtun möchte.

Der Schacht fungierte einst als Ader des mittlerweile stillgelegten U-Bahn-Netzes. In regelmäßigen Abständen reichen Kegel schwachen Lichts aus kreisrunden Öffnungen hier herunter und unterbrechen die Finsternis wie die dürren Finger eines einzigen Tages. Aufgrund des präparierten Streckenverlaufs fällt es Lambert nicht schwer, die Schubkarre in Bewegung zu halten. Mit der Zeit gelingt es ihm sogar, die Dunkelheit zu seiner Verbündeten zu machen. Hat es draußen ganz so ausgesehen, als wäre der letzte hoffnungsvolle Blick von einer der Familien oder GmbHs, die Z verlassen haben, abtransportiert worden, hilft Lambert ausgerechnet die Aussichtslosigkeit in diesem Schacht dabei, den Rest seiner Bedenken, zu Berts ehemaligem Studio zurückzukehren, in das Gefühl umzuwandeln, etwas entgegenzumarschieren, das zwar in seiner und Sindys Vergangenheit liegen mag, dessen ungeachtet aber einen Rest Zukunft in sich birgt. Was draußen illusorisch geklungen hat, hört sich hier drin gar nicht so illusorisch an, sondern bestenfalls unvernünftig – und Unvernunft lässt sich recht einfach, zum Beispiel *anders*herum betrachtet, in Vernunft verwandeln.

Diesen Schacht entlangschreitend nähert sich Lambert unaufhaltsam seinem Lieblingsthema, jenen Lichtjahre entfernten Fantasiewelten, die die Filmindustrie in einer Phase, in der die gesamte Branche in Folge einiger magerer Jahre auf dem Boden lag, für sich zu entdecken begann. Lamberts Erinnerungen an diese Zeit kreieren die ideale Atmosphäre, um sich auf eine Herausforderung vorzubereiten, wie sie ihm hier bevorsteht.

Für sich selbst hat er dem damals wie aus dem Nichts erschienenen Aufgabengebiet, dessen vielfältiges Erscheinungsbild herauszuarbeiten – nicht nur soweit es die Geräusche betraf – mit allerhand Mühen verbunden war, im Gegenzug jedoch bis dahin Ungeahntes in Bezug auf die Vergangenheit, die Gegenwart und die Zukunft offenbarte, seine eigene Überschrift verpasst, und die lautet:

Die Eroberung märchenhafter Himmelskörper

Lambert war damals noch Bert, und vorübergehend sah es ganz so aus, als eröffne die Entdeckung derartiger neuer Welten einem Duo, wie er und Sindy eines bildeten, die einmalige Chance, selbst Hand an die Gestaltung der Zukunft – und diesmal nicht nur ihrer eigenen – zu legen. Schließlich erhoben die fremden Planeten, die eine kurz zuvor noch der Einfallslosigkeit bezichtigte Unterhaltungsindustrie nunmehr einen nach dem anderen hervorbrachte, angesichts der frei erfundenen Lebensumstände, die sie ermöglichten, Anspruch auf eine bis dato noch nie dagewesene Geräuschkulisse.

Die Faszination dabei lag darin, dass keines der für diesen Zusammenhang entworfenen Klangbilder einen Vergleich mit der Wirklichkeit zu scheuen brauchte. Schließlich gab es kaum einen Handgriff, den es innerhalb dieses Genres mit einer dazu passenden Akustik auszustatten galt, *wirklich*. Ob etwas glaubwürdig klang, ließ sich bestenfalls im Verhältnis zur Inszenierung eines einigermaßen vergleichbaren Phänomens in einer anderen Produktion beurteilen. Wer wusste denn schon, wie es sich anhört, wenn ein Laserschwert angeknipst wird, ein Wunsch in Erfüllung geht oder eine obskure Kreatur wie ein Ork zerplatzt? Und auf die Idee, einen von Frau Hauptmanns Gummihandschuhen mit Innereien vom Schwein zu füllen und ihn so lange gegen eine gekachelte Wand zu klatschen, bis es *verkorkst* genug klang, würde – so viel stand fest – kein Computer jemals kommen. Eine derartige, beinahe schon dichterische Fingerfertigkeit war den Programmen damaligen Standards genauso wenig zuzutrauen wie denen folgender Generationen. Noch heute ließe sich, soweit Lambert das beurteilen kann, der präparierte

Handschuh bestenfalls auf die Tastatur legen und der Bildschirm herunterklappen. Die daraus resultierende Sauerei wegzumachen wäre jedoch verhältnismäßig mühsamer, als es sich für Lambert erwies, Frau Hauptmanns Misstrauen angesichts eines Paares brandneuer Gummihandschuhe zu zerstreuen (»Wie bedauernswert können sich Frauen in meinem Alter schätzen, die ein Teesortiment oder ein Massagegerät für ihre Füße geschenkt bekommen«).

Mit dem Auftauchen jener märchenhaften Himmelskörper brach eine Epoche ungeahnter Perspektiven an, und das bezog sich durchaus auch auf Partnerschaften wie jene zwischen Sindy & Bert. Wie sich etwas in Zukunft anhören werde, schien nicht länger an eine jahrtausendealte Tradition geknüpft, sondern entsprang Ideen, in denen es darum ging, geistreich und originell zu sein, Ideen, die, da es sich um Berts Ideen handelte, auf Sindys Fähigkeiten abgestimmt waren, mit der DX umzugehen. Schon bald bestand die Spezialität der beiden im Sound diverser kurz zuvor noch gar nicht existenter Lebensformen. Sindy & Bert suchten nun nicht mehr nach neuen Wegen, einen allen geläufigen Klang nachzuahmen, sondern steuerten Vorschläge bei, wie etwas irgendwann einmal klingen werde oder zumindest klingen könnte. Gemeinsam vervollständigten sie, was Regisseure sich ausgedacht und Maskenbildner angefertigt hatten. Sie brachten einer Kreatur allerdings nicht einfach nur das Sprechen bei, sondern erfanden eine von diesem Zeitpunkt an mit ihr verbundene Sprache.

Vor Sindy & Berts damals noch junger Partnerschaft lag eine Zukunft, die sich im Austausch gegen einen gewissen Einfallsreichtum bereit zeigte, ihrer Sehnsucht nach einer Symbiose von Leben und Arbeit, Kreativität und Leidenschaft eine Nische zu überlassen – noch dazu dort, wo sowohl Sindy als auch Bert sich am wohlsten fühlten, nämlich hinter den Kulissen. Von dieser Perspektive aus schien eine Zukunft, wie sie den beiden bevorstand, nicht das geringste Problem damit zu haben, von zweien wie ihnen *mit*gestaltet zu werden.

Als schöpferisch ausgerichtetes Paar, das über eine unbestreitbare – Bert bezeichnete sie gern als eine *unerhörte* – Begabung auf dem Gebiet des Geräuschemachens verfügte, fühlten Sindy & Bert sich durchaus dazu berufen, etwas zum Erscheinungsbild alternativer Lebensformen beizutragen. Und zwar gerade weil es dabei um mehr ging als nun ein paar Standards wie den Sound futuristisch anmutender Waffen oder bislang nur vorstellungshalber existenter Methoden, sich von einem Ort zu einem anderen zu bewegen. Bei der Bevölkerung zukünftiger Welten galt es, mehr oder weniger jede, egal wie modern einzustufende Anschauung in ihrer gegenwärtigen Form alt aussehen zu lassen. Das Motto lautete, ganz weit auszuholen, das Spektrum menschlicher Gefühle ebenso miteinzubeziehen wie den Ursprung der gesamten Spezies und, vor allem, dabei nichts für zu absurd zu halten. Die Geburt des ersten Homo sapiens in einer Fabrikhalle sollte genauso denkbar sein wie seine Rückkehr in eine paradiesische Zukunft, in der das Zusammenleben auf Respekt und Toleranz basierte. Die unwiderstehliche Überzeugungskraft der Fantasie bekam dabei die Aufgabe übertragen, den Glauben an die Einzigartigkeit des Menschen, wenn schon nicht als fortschrittsfeindlich, dann zumindest als langweilig zu identifizieren.

Ein in den Filmstudios ersonnenes zukünftiges Miteinander schloss Lebewesen mit ein, die bisher als gleichermaßen widersprüchlich wie beängstigend gegolten hatten – Kreaturen, die sich intelligenter Systeme der Verständigung bedienten, weiterentwickelten Varianten der Koexistenz huldigten und vorgefasste Meinungen als Hindernis betrachteten. Die Moral dieser Geschöpfe zeichnete sich dadurch aus, dass sie selbst fortschrittlichsten Überlegungen um Lichtjahre voraus war. Die Welt, die sie bewohnten, gründete auf bisher kaum geläufigen Verhaltensweisen, rückdatiertem Erbe und bei Bedarf hinzuerfundenen Überlieferungen. Es handelte sich um eine Welt, in deren Vergangenheit es gelungen sein musste, heute nach wie vor als unlösbar geltende Konflikte zu überwinden.

Mitzuhelfen, eine solche Welt auf den Weg zu bringen, stellte sich für einen kreativen Ansatz wie jenen Berts als das geradezu ideale Betätigungsfeld heraus, resultierte die Inspiration zu vielen seiner Geräusch-Experimente doch aus nichts anderem als dem Traum von einer Zukunft, die ihm – und, hätte Sindy sich je Gedanken darüber gemacht, ihnen beiden – bis dahin unerreichbar hatte erscheinen müssen. In der Folge übertraf Sindys Einfühlsamkeit dann aber selbst Berts kühnste Erwartungen, und daran muss es wohl gelegen haben, dass aus dieser Phase ihrer Zusammenarbeit Geräusche hervorgingen, die, von der DX aufgezeichnet, dabei jedoch um nichts von ihrer Ursprünglichkeit gebracht, vielen tatsächlich wie der *Klang fremder Planeten* vorkam. Vielleicht hatte das aber auch damit zu tun, dass die beiden etwas simulierten, das es (noch) nicht gab, und Bert dafür ausschließlich Materialien, Werkzeuge und Methoden benutzte, die bereits seit einer Ewigkeit da waren, die lediglich noch niemand auf diese Weise eingesetzt hatte. Es war beinahe so, als würde die von Sindy & Bert entworfene Akustik eine Atmosphäre zum Leben erwecken, die noch nicht einmal als Hirngespinst existierte.

Und dennoch hätte, zu Lamberts Verwunderung, angesprochen auf kaum jemand aus ihrer Branche die Sequenz einer Science-Fiction-Produktion genannt. Hingegen hätten einige, vom *Massaker am Red Globe* einmal abgesehen, auf eine verhältnismäßig spät entstandene Geräuschfolge hingewiesen, die Sindy & Bert der Tonspur eines Independent-Films beigesteuert hatten, dem es beschieden war, bald nach seiner Veröffentlichung regelrechten Kultstatus zu erlangen.

Bemerkenswert wäre das Hervorheben dieser Arbeit insofern gewesen, als es sich dabei um einen Beitrag handelte, der sich erheblich von dem unterschied, was man in den Jahren ihrer Zusammenarbeit von Sindy & Bert im Allgemeinen so zu hören bekam. Ausgerechnet Insider sind jedoch nicht selten in die Idee vernarrt, die wahre Brillanz einer kreativen Einheit zeige sich nirgends so deutlich wie in einer Probe ihres Könnens abseits des ihren Protagonisten vertrauten Terrains.

Unzufrieden mit den bereits abgedrehten Szenen hatte der Regisseur, aus dessen Team jemand in der Folge seine Fühler nach Spezialisten wie Sindy & Bert ausstreckte, beschlossen, von seinem ursprünglichen Plan abzuweichen und eine erotische Szene in den Mittelpunkt seines Films zu rücken. Er tat das, indem er eine entsprechende Passage ganz einfach in die Länge zog, sie, den berühmten Mord unter der Dusche zitierend, in eine Vielzahl kurzer Bildabfolgen zerlegte und diese – alternierend mit ebenso knappen Blicken auf das Ankleiden des Paares im Anschluss an den Liebesakt – erneut aneinanderreihte.

Um den Realismus hervorzuheben, entschied sich der Filmemacher gegen eine jener Melodien, wie sie die Darstellung körperlicher Zärtlichkeiten im Kino üblicherweise untermalen. Stattdessen begleitete ein zum Stottern gebrachter Schmachtfetzen die beiden Liebenden bei der

Wiederaufnahme ihrer vorangegangenen Tätigkeiten im Zeichen zufriedener Erschöpfung.

Die Idee, ein Duo wie Sindy & Bert damit zu beauftragen, eine möglichst *wirklichkeitsgetreue* Geräuschkulisse für eine solche Szene zu kreieren, fußte im Grunde auf einem künstlerischen Missverständnis, bediente sich der Film doch zunehmend einschlägiger Einstellungen, die eigentlich in ein Sub-Genre gehörten, zu dem insbesondere Bert seine gesamte Laufbahn über ein äußerst distanziertes Verhältnis unterhielt.

Was zunächst wie eine für eine zwielichtige, nicht unbedingt für ihr Raffinement bekannte Nische in Sindy & Berts Gewerbe prädestinierte Aufgabe gewirkt hatte, entwickelte sich in der Folge einigermaßen überraschend zu einer inspirierenden Herausforderung für die beiden, sowohl in Hinblick auf den unkonventionellen Umgang mit der Technik als auch – der Regisseur wollte die Liebesszene immer länger und länger –, was Sindy & Berts Einfallsreichtum betraf, von dem manche in der Branche damals annahmen, er habe seinen Höhepunkt längst überschritten.

Jedes Geräusch, das Bert der Tonspur hinzufügte, verlangte, einem nicht aufgelösten Akkord vergleichbar, nach einem nächsten, das wiederum ein weiteres vorzubereiten schien. Egal ob Bert einen Reißverschluss öffnete, ohne ihn zu berühren, Scharniere in unterschiedlichen Stadien ihres Verschleißes quietschen ließ, Obst zerquetschte oder mit rohem Fleisch nach Sindy warf – anfangs ging dieser, ungeachtet der Glasscheibe, die ihn und den Geräuschemacher trennte, noch unwillkürlich in Deckung –, der Regisseur konnte nicht genug davon kriegen. Beim Abhören der Aufnahmen ließ er so lange nicht locker, bis er Bert, der es in seiner aktiven Zeit strikt ablehnte, die Handgriffe, die sich hinter einem jeweiligen Geräusch verbargen, zu verraten, zumindest einen Hinweis abgerungen hatte. Um nachvollziehen zu können, was dahintersteckt, müsse er lernen, *andersherum* zu denken, wodurch das Geräusch von einer unvermeidlichen Konsequenz zur eigentlichen Absicht werde. Ein Ton, so Bert, komme schließlich auch nicht zufällig aus einem Instrument heraus, sondern entstamme einem wohlüberlegten Mechanismus und dem richtigen Maß an Einfühlungsvermögen.

Fortan grinste der Filmemacher an bestimmten Stellen vielsagend, obwohl er in Wahrheit einem Regenschirm dabei zuhörte, wie er auf Knopfdruck aufging, oder feuchten Sockenbündeln, die gegen das Gehäuse eines Boilers geworfen wurden.

Indem jedes Geräusch den Wunsch nach einem weiteren weckte, wurde der Zeitpunkt immer weiter hinausgeschoben, an dem Bert endlich sacht auf eine leere Shampooflasche drücken konnte – für ihn nicht einfach nur der erlösende Abschluss dieser Szene, sondern der endgültige Beweis ihrer Nicht-Darstellbarkeit. Einigen Kennern dieses Gewerbe zufolge lag das tatsächlich vor allem an der Geräuschkulisse, die es verstand, eine ebenso betörende wie beunruhigende Atmosphäre zu erzeugen, in deren Bann sich das Publikum an seine intimsten Momente erinnert fühlte, gleichzeitig aber den Eindruck vermittelt bekam, jeder und jede Einzelne von ihnen hätte, worauf es bei Intimität eigentlich ankomme, bislang, wenn überhaupt, dann nur unzureichend verstanden.

Das Ergebnis hatte sich Bert in der geschnittenen Fassung kein einziges Mal angeschaut, auch nicht, als seine und Sindys Mitarbeit an diesem Film bereits als eine der innovativsten Hervorbringungen ihrer Partnerschaft bezeichnet wurde. Er fürchtete sich viel zu sehr davor, auf eine Sequenz zu stoßen, die mit etwas mehr Kühnheit hier, etwas mehr Geduld da überzeugender hätte inszeniert werden können. Für Bert stand nicht nur fest, dass sich eine ganze Reihe solcher Stellen finden ließe. Er war überzeugt davon, dass sich ihm im Fall einzelner Passagen die beste Lösung überhaupt erst in Anbetracht ihrer mangelhaften Umsetzung zu erkennen geben würde.

Wie immer die Branche darüber urteilen mochte, gelungen war Sindy & Bert das nur, weil sie sich auf einen Abstecher in ein Metier eingelassen hatten, welches sie, vielleicht ja ausgehend von Bert, bis dahin verächtlich abgetan, insgeheim aber wohl eher aufgrund einer undefinierbaren Angst gemieden hatten.

▸▸

Nachdem Lambert den Schacht verlassen hat, taucht das städtische Hallenbad vor ihm auf. Von Geschoss zu Geschoss breiter werdend, wächst es mit jedem seiner Schritte ein Stückchen weiter aus einer nüchternen Sockelzone, und zum ersten Mal hat Lambert, der das Bad früher häufig besucht hat, angesichts der metallenen Paneele, die entlang einer ansonsten schmucklosen Fassade verlaufen, den Eindruck, den Mythos einer Zukunft zu erblicken, wie sie einer Gegenwart bevorsteht, die mittlerweile der Vergangenheit angehört. Etwas *Modernes* klammert sich an das Gebäude, etwas, das es davon abhält, in sich zusammenzubrechen.

Totale Leere lässt den daran grenzenden Parkplatz aussehen wie einen von den allerletzten Sonnenstrahlen zurückgelassenen, versteinerten Gebäudeschatten. Dahinter erstreckt sich unbebautes Areal, in dem ein paar Wipptiere herumstehen und dreinschauen, als hätte ihnen Rostfraß die gute Laune verdorben.

Um am Hallenbad vorbeizukommen, muss Lambert vorübergehend den weitläufigen Eingangsbereich ansteuern, und in dessen Verglasung sieht er, wie er, hinter einer Schubkarre hermarschierend, auf sich zukommt. Aufgrund der schmutzigen Scheiben erweckt das den Anschein, Lambert würde auf eine starke Bewölkung zugehen – eine Bewölkung, die im selben Moment hinter ihm zu liegen scheint.

Im Botanischen Garten haben verschiedene Erscheinungsformen der Natur das Kommando übernommen. Die Natur der Gewächse ebenso wie die der Gärtnerinnen und Gärtner, die nicht mehr zur Arbeit erschienen sind, seit sie nicht mehr dafür bezahlt werden. Die Natur der Bewohner der umliegenden Häuser, die sich mit Materialien für diverse Ausbesserungsarbeiten und/oder Brennholz versorgen, und die Natur derjenigen, die die Vitrinen mit den Kaktusgewächsen aufgebrochen haben, vielleicht ja auf der Suche nach einem exotischen High. Nicht zu vergessen jene Natur, die Lambert, unmittelbar nachdem er den Botanischen Garten betreten hat, als die hier vorherrschende Kraft zu spüren bekommt. Es ist, als schlage diese ihm vor, die DX hier irgendwo abzuladen und sich einzubilden, er sei gar nicht von zu Hause aufgebrochen. Im Ernst?

Lambert spürt, wie das Durcheinander, das sich hier überall ausgebreitet hat, seine Fühler nach ihm ausstreckt. Mit wenig aussichtsreicher Stimme raunt es ihm zu, ein Vorhaben wie das seine werde sich niemals in die Tat umsetzen lassen. Sein Ende vor Augen habe er sich unerlaubterweise auf den Weg gemacht und sei folgerichtig im Chaos gelandet. Höchste Zeit, allem, was er bereits falsch gemacht habe, mit einem letzten Regelverstoß die Krone aufzusetzen und reumütig dorthin zurückzukehren, wo er hergekommen sei.

Der Botanische Garten ist Lambert bereits beim Anblick der zerzausten Büsche rund um die Kaiserin eingefallen. Hier, so sein Gedanke, müsste eigentlich alles noch so sein wie früher. Den Botanischen Garten hat Lambert sogar gefunden, ohne lange danach zu suchen. Es ist, als habe ihn einer der in die Dunkelheit des U-Bahn-Schachts ragenden Finger, als habe ihn die Bewölkung, als habe er sich selbst, im Eingangsbereich des Hallenbads gespiegelt, hierhergeführt.

Früher beherbergte der Botanische Garten eine domestizierte Wildnis. Einheimische Pflanzen, die neben hier angesiedelten gediehen, gemeine Gräser neben exotischen Kräutern, bizarre Kakteengewächse in eigens für sie vorgesehenen gläsernen Boxen.

Die umtriebigen Insekten im Botanischen Garten, genau genommen ihre akustische Vielfalt, hatten stets zu Berts wichtigsten Anregungen gezählt. Der von ihrem Summen, ihrem Zirpen und Gebrumme gebildeten Geräuschkulisse, die der Natur dabei half, ihrem ewigen Kreislauf mehr Glaubwürdigkeit zu verleihen, hatten seine und Sindys regelmäßigen Besuche gegolten. Bert, wie sonst auch auf der Suche nach Inspiration, Sindy einfach nur an seiner Seite. Wie eh und je mit ihren geheimnisvollen Tätigkeiten beschäftigt, würden die Insekten im Botanischen Garten Lambert dabei helfen, seinen ehemaligen Orientierungssinn wiederzufinden. Irgendwann muss er schließlich gewusst haben, wie es von dort zu Sindy & Berts Studio geht.

Im Botanischen Garten angekommen ist Lambert allerdings durcheinander. Die Zügellosigkeit, mit der das Buschwerk, das ihn fasziniert hat, solange es bereit war, hinter einer unsichtbaren Begrenzung zurückzubleiben, mittlerweile wuchert, verwirrt ihn. Lambert verwirrt, dass er den japanisch anmutenden Zierteich nirgendwo sehen kann, und als er ihn schließlich sieht, verwirrt Lambert, dass daraus ein Tümpel geworden ist. Lambert ist verwirrt, weil nirgendwo Insekten sind. Weder zu hören – nun, das ist eigentlich nicht so verwirrend – noch zu sehen oder zumindest in ihrem Vorhandensein zu *spüren*. Ob der Nieselregen ihnen empfohlen hat, hinter den Kulissen zu bleiben?

Am meisten aber verwirrt Lambert, dass von seinem Orientierungssinn, den er im Botanischen Garten wiederfinden wollte, weiterhin jede Spur fehlt. Seine einstige Übersicht, wie es weitergehe, welche Richtung es als nächstes einzuschlagen gelte, muss hier irgendwo liegen – begraben unter Sträuchern, Zweigen, Blättern und Ästen. Lambert ist in seiner Erinnerung noch nicht weit genug zurückgekehrt, um sich in dem, was vergangen ist, wieder auszukennen. Jeder Schritt, den er von hier aus machen wird, könnte ihn seinem Ziel demnach genauso gut ein Stückchen näherbringen wie davon entfernen.

Um seine Verwirrung wieder einigermaßen in den Griff zu bekommen, beschließt Lambert, sich erst einmal darauf zu besinnen, was sich alles hier nicht verändert hat:

Über das, was jetzt ein Tümpel ist, erstreckt sich nach wie vor eine hölzerne Brücke. Lediglich ihr japanisches Aussehen hat sie eingebüßt. Wie früher steht der Baum mit der ausladenden Krone neben dem Geräteschuppen, und nur der wolkenverhangene Himmel hindert ihn daran, jenen Bereich zu verdunkeln, der bei Sonnenschein von seiner gewaltigen Erscheinung beherrscht wird. Der Geräteschuppen sieht aus, als hätte eine Bombe eingeschlagen. Unweit der Orientierungstafel, auf der sich genauso wie früher sämtliche Spazierwege nachgezeichnet finden, hat jemand erst kürzlich seine Notdurft verrichtet.

Als nächstes will Lambert das in ihm aufgekommene Bedürfnis, die DX hier irgendwo zurückzulassen (am Ende gar im Tümpel zu versenken) und nach Hause zurückzukehren, im Keim ersticken und ruft sich ins Gedächtnis, dass es sich hierbei schließlich um keinen alltäglichen Transport handelt, der ein wenig mühsamer ausfällt als erwartet, sondern um eine *Mission* – und dass im Rahmen einer Mission weder vorübergehende Orientierungslosigkeit eine Rolle spielen darf noch körperliche Überanstrengung – Schwerhörigkeit inklusive. Niemand, nicht einmal die Kaiserin, hat behauptet, dass Sindy & Berts Studio auf der Orientierungstafel im Botanischen Garten verzeichnet sein würde (auf der sich übrigens ausdrücklich vermerkt findet, dass es streng verboten ist, jedwedes *Haushaltsgerät* in diesem Areal zu entsorgen). Darüber hinaus bedeutet jeder erzwungene Richtungswechsel, dass Lambert noch nicht am Ende seines Weges angekommen ist, dass es noch etwas zu erledigen gibt und dass ihm dafür noch Zeit bleibt. Zeit, sich den nächsten Schritt zu überlegen, Zeit, die richtige Entscheidung zu treffen, aber auch Zeit, sich zu erinnern – zum Beispiel an Sindy & Berts frühere Ausflüge in den Botanischen Garten.

Gewöhnlich führte sie der Weg hierher an der ehemaligen Kaserne vorbei, in deren Räumlichkeiten das Museum für Heeresgeschichte – damals zumindest – untergebracht war.

Lambert erinnert sich, wie er (als Bert) und Sindy (als Berts Partner) sich immer wieder vorgenommen hatten, dieser Sammlung einen Besuch abzustatten. Ein paar Mal waren sie gegen Ende ihrer Partnerschaft und angestachelt von Sindys nicht wirklich ernst gemeinter Behauptung, die alten Waffen würden in den Vitrinen doch bloß darauf warten, dass jemand sie heraushole und damit die früheren Zustände wiederherstelle, auch wirklich dorthin aufgebrochen. Unterwegs hatte Bert – ebenfalls eher im Scherz – zu bedenken gegeben, dass doch mit genau diesen Waffen herbeigeführt worden sei, was viele nach wie vor verändert haben wollten.

Über Sindys Vorschlag, zwei Eintrittskarten zu lösen und erst im Anschluss daran die Waffenschränke zu plündern – um einen Vorsprung herauszuholen, aber auch, um sich auf redliche Art und Weise Zutritt zu einer ganz und gar absurden Vorstellung zu verschaffen –, mussten sie dann beide kichern. Das Automobil des unglückseligen Thronfolgers ließe sich kurzschließen, um auf diese Weise ein Mindestmaß an Beweglichkeit in die festgefahrene Situation zu bringen. Das prächtige Zelt, das eine, angeblich tausend und eine Nacht währende Belagerung dieser Stadt offenbar unbeschadet überstanden hatte, könnte herausgeschmuggelt werden, um eine Familie darin einzuquartieren, die selbst über keinen *angemessenen* Schlafplatz verfüge. Abgesehen von fantastischen Vorhaben wie diesen dürfte Sindys fixe Vorstellung, zwei wie er und Bert würden ihr Heil ausgerechnet im Inventar eines solchen Museums finden, auf der Annahme beruht haben, den dort präsentierten Rüstungen, denen Jahrhunderte andauernder Krieg nichts hatte anhaben können, müsste doch auch zuzutrauen sein, zwei Menschen, deren Zukunft im höchsten Maße verletzlich schien, vor allen erdenklichen Feindseligkeiten seitens ihrer Umwelt zu bewahren. So zumindest hat Lambert sich das im Nachhinein erklärt. Etwas an der Idee einer weit zurückreichenden Welt schien ihn angezogen zu haben, und doch hatte er ebenso wie Bert nie einen Fuß in einen der Schausäle dieses Museums gesetzt – als hätten sie sich auf dem Hinweg bereits sattgesehen, alles, was sich darin erleben ließe, inklusive sämtlicher Varianten in ihren Köpfen zur Genüge durchgespielt.

▸▸

Außerhalb des Botanischen Gartens wird Lambert von einem Gefühl der Dankbarkeit empfangen. Sie gilt seinem ehemaligen Partner, der zur rechten Zeit vorbeigeschaut hat, um ihn vor einem folgenschweren Fehler zu bewahren. Ein Teil dieser Dankbarkeit rührt möglicherweise auch von der DX in der Schubkarre und richtet sich wiederum an Lambert. Er ist stark geblieben, hat sie nicht der zügellos gewordenen Natur des Botanischen Gartens überantwortet. Dem ihm weiterhin vorenthaltenen Orientierungssinn ist es nicht gelungen, Lambert von seinem Weg abzubringen. Früher einmal mag er Sindys Neigung zu imaginären Fluchtwegen wie jenem ins Heeresgeschichtliche Museum geteilt haben, inzwischen zieht Lambert es jedoch vor, sich an konkrete Hinweise zu halten. Hinweise wie jenen Pfeil auf der anderen Straßenseite, der anzeigt, in welcher Richtung es zum Bahnhof geht.

Weshalb ausgerechnet zum Bahnhof?

Eine solche Skepsis ist nur eine der zweifelhaften Früchte des Botanischen Gartens, dessen Ausläufer weiterhin nach Lamberts kostbarer Fracht langen.

Weil es sich beim Bahnhof um einen Ort handelt, von dem aus Wege in sämtliche Richtungen verlaufen, entgegnet Lambert, womit sich die Skepsis, die sich in ihm verfangen hat, allerdings nicht zufriedengibt. (Legt man das eigene Weiterkommen auf einem Bahnhof denn nicht in fremde Hände?)

Während Lambert die Schubkarre dieses Mal behutsam von einer Gehsteigkante herunter- und eine andere wieder hinaufhievt, fällt ihm ein, dass es am Bahnhof einen Stadtplan geben müsste, und es mag mit dem einem solchen Plan zugrundeliegenden Ordnungsprinzip zusammenhängen, dass sich daraufhin auch der letzte noch verbliebene Zweifel von ihm verabschiedet. Dafür taucht, ausgerechnet dort, wo dieser letzte Rest ein wenig Platz gelassen hat, an seiner statt die Frage auf, ob Lambert es Berts ehemaligem Partner nicht schulde, ihn allmählich, in welcher Form auch immer, an seiner Rückkehr in ihr gemeinsames Studio zu beteiligen. Lambert hat nichts dagegen einzuwenden. Allein schon die Vorstellung, dass ihm derjenige, dem er begegnen möchte, entgegenkommt, rückt diese unberechenbare Strecke in die Nähe eines Heimwegs, und erinnerungshalber kehrt er zurück in Manfreds Laden und zu seinem ersten Aufeinandertreffen mit der DX. Er sieht die unzähligen Regler vor sich, die Anzeigen und Lichter, die früher einmal – ans Stromnetz angeschlossen – funkelten wie ein ausschließlich für ihn entzündetes Firmament. Nun liegt es stumm in einer Schubkarre unter einem Stückchen Luftpolsterfolie wie unter einer Schicht synthetischen Nebels. Dabei hatte Manfreds Rat, Lambert möge sich nach jemandem umsehen, dem er zutraute, jedes von ihm hervorgebrachte Geräusch mit diesem Apparat aufzuzeichnen, ihm auf mehrfache Weise die Augen geöffnet.

In diesem Moment ist Lambert beinahe froh, mit der DX allein zu sein. Wie könnte er sich sonst seines ersten Aufeinandertreffens mit Sindy erinnern? Was sich damals ereignet hat, Revue passieren zu lassen, verlangt eine Menge Einfühlungsvermögen und lädt zu Missverständnissen ein – angefangen bei den handbetriebenen Pfeffermühlen. Das Vergnügen, das es Lamberts Mutter bereitete, diese zu sammeln, als ihre einzige Leidenschaft zu bezeichnen, wäre zum Beispiel bereits missverständlich.

Was hingegen stimmt, ist, dass Lambert während der etwa anderthalb Jahre, die er der elterlichen Wohnung damals bereits ferngeblieben war, keine dieser eleganten, hochaufgeschossenen Gestalten hatte vergessen können. Bis in seine Träume verfolgte ihn die geradezu diabolische Beweglichkeit der Pfeffermühlen. Lambert sehnte sich danach, sein Ohr wieder einmal an eines ihrer Gehäuse zu halten und ihrer simplen Mechanik bei entsprechendem Mahlgut ein Geräusch zu entlocken, das in seinen fantasiebegabten Ohren entfernt an das euphorische Stottern früher Verbrennungsmotoren erinnerte.

Seit Lambert, ohne die Erlaubnis seines Vaters eingeholt zu haben – was soviel hieß wie auf den Segen seiner Mutter verzichtend –, in die Welt der Geräusche aufgebrochen war, um in dieser (also in sich) nach sich selbst (also nach Bert) zu suchen, stand es um das Einvernehmen zwischen ihm und seinen Eltern nicht gerade günstig. Geraume Zeit hatte er gar nichts von sich hören lassen, und als er nun eines Tages, von einer kreativen Flaute angetrieben, den Plan fasste, der Wohnung seiner Eltern einen Besuch abzustatten, um die Pfeffermühlen zu befragen, hielt er es für ratsam, dafür einen Zeitpunkt zu wählen, an dem er sicher sein konnte, weder seinen Vater noch seine Mutter dort anzutreffen.

Noch heute empfindet Lambert Beklemmung, wenn er daran denkt, wie er an einem Sonntagvormittag – den Sonntagvormittag verbrachten seine Eltern regelmäßig in ihren Trainingsanzügen auf Waldwegen oder Aschenbahnen – heimlich dort eindrang, wo er doch eigentlich immer noch zu Hause war. Spuren von Beklemmung, wenn er sich die Tür zu seinem ehemaligen Zimmer, an der nach wie vor das Poster klebte, das er als Jugendlicher dort befestigt hatte, in Erinnerung ruft. Es zeigte einen Rockmusiker, der – ebenfalls unverändert – im Begriff war, seine Gitarre auf dem Bühnenboden zu zertrümmern. Ein postmoderner Tantalos, dem es, obwohl ihn gerade mal ein paar Zentimeter davon trennten, niemals gelingen würde, seine Wut in dem herbeigesehnten Akt der Zerstörung aufgehen zu lassen und sich selbst und seine Fans und Gesinnungsgenossinnen, die im Gegensatz zu ihm nicht in den zweifelhaften Genuss ewiger Jugend gekommen sein dürften, dadurch zu erlösen.

Das offensichtliche Bestreben seiner Eltern, die Zeit durch Kleben-Lassen anzuhalten, machte es für Lambert unmöglich, auch nur einen Blick hinter diese Tür zu werfen. Als hätten sie vorausgesehen, dass er auf dem von ihm eingeschlagenen Weg umdrehen und hierher zurückkehren würde. Beklemmend der Gedanke daran, dass Lamberts Entschlossenheit, sein ehemaliges Zimmer unter keinen Umständen zu betreten, in diesem Moment sogar mächtiger schien als sein Wunsch, dem Mahlvorgang der Pfeffermühlen, die im Küchenregal auf ihn warteten, zuzuhören. War er denn nicht um ihretwillen hierher zurückgekehrt?

Sein Ohr am Gehäuse einer Peugeot von vor dem Krieg, eine Hand bereits an ihrer Kurbel, vernahm er dann allerdings etwas, das unmöglich aus dem Inneren einer Mühle kommen konnte. Ein Hin und Her, ein Poltern, ein Fuchteln wie von Bewegungen, hastig, aber auch scheu, hinderten Lamberts Assoziationsapparat daran, anzuspringen und sich um die eigene Achse zu drehen. Lambert hörte Möbel erst im Weg herumstehen, dann zur Seite gerückt werden. Er hörte einen Versuch, unter allen Umständen unbemerkt zu bleiben, und gleich darauf hörte er, wie ein solcher misslang. Lambert hörte die Anwesenheit eines anderen Menschen, er wurde Zeuge jener Schwäche, die ihm immer wie die verzeihlichste unter den menschlichen Schwächen vorgekommen war – der Unfähigkeit, nicht aufzufallen.

In diesem Zusammenhang etwas *befürchten* zu müssen, kam Lambert hingegen erst gar nicht in den Sinn, weder einen Einbrecher überrascht zu haben noch – das fiel ihm überhaupt erst im Nachhinein ein, und damit verglichen wäre ihm ein Einbrecher von Herzen lieber gewesen – seinen Vater oder seine Mutter bei irgend etwas zu *ertappen*.

Lambert mochte auf eigene Faust hier erschienen sein, immerhin aber handelte es sich um den Ort seiner Herkunft, und an diese war eine ganze Menge mehr geknüpft als die Zwistigkeiten zwischen ihm und seinen Erzeugern. Einem Arzt vergleichbar, der sein Stethoskop auf der Suche nach dem Herzschlag über die Brust eines Patienten wandern lässt, schickte er jeden Winkel der elterlichen Wohnung seine Gehörgänge rauf und runter, und wie der Arzt, der natürlich weiß, wo sich das Herz befindet, wusste Lambert von Anfang an, dass die Geräusche aus keinem anderen als aus seinem ehemaligen Zimmer drangen.

Vor der Tür ein letztes Mal durchatmend, fragte er sich eher pro forma, ob das, was er da hörte, etwas mit seiner Kindheit oder Jugend zu tun haben konnte, schließlich hatten sich beide dahinter abgespielt, und als er dann, nach wie vor ohne Furcht, jedoch mit einem Anflug jener Beklemmung, die ihm zumindest als Erinnerung für immer erhalten bleiben sollte, nach der Schnalle griff – anzuklopfen wäre ihm vorgekommen, als mache er die abgelaufene Zeit darauf aufmerksam, dass er zurück sei –, wurde die Tür auch schon von innen aufgerissen, was Lambert zu einem so gar nicht geplanten, zu einem unverhältnismäßigen Schritt über die Schwelle veranlasste.

Im Türrahmen wäre er beinahe mit einem Knaben zusammengekracht, der, ebenfalls überrascht, wenn auch allem Anschein nach nicht im selben Maße, auf Lamberts überstürztes Eintreten mit einem Schritt rückwärts reagierte. Für Lambert Grund genug, anzunehmen, die Überraschung dieses Knaben könne sich im Gegensatz zu seiner eigenen auf eine gewisse Erwartung berufen. Als hätte sein ehemaliges Zimmer seine Rückkehr angekündigt oder zumindest ein Bild von ihm gezeichnet. Der ideale Zeitpunkt für das Instrument des Rockmusikers, endlich auf den Bühnenboden zu krachen. Lambert war, als höre er bereits das dazu passende Geräusch. Er sah Funken sprühen und Blitze leuchten, fühlte sich wie vom Schlag getroffen und wusste doch, dass das nichts mit dem erlösenden Zerschmettern einer E-Gitarre zu tun hatte, sondern mit der Anwesenheit des Knaben, der ihn aus großen Augen heraus anblickte und »Sandip« sagte, worauf Lambert »Sandip« antwortete, weil er in seiner Verblüffung annahm, bei diesem Wort handle es sich um – nun ja – die Begrüßung in einer ihm unbekannten Sprache. Dass der Knabe nicht von hier sein konnte, stand für Lambert nämlich vom ersten Augenblick an fest. Er schloss das nicht unbedingt aus seinem Aussehen oder aus dem Gruß, bei dem es sich, wie Lambert bald darauf herausgefunden hatte, um den Namen des Knaben handelte, er schloss das daraus, dass dieser im Türrahmen zu jenem Zimmer erschienen war, in dem Lambert seine Kindheit und Jugend verbracht hatte. Wie oft und mit welcher Sehnsucht hatte er sich damals von dort weg und in ein fernes Land gewünscht!

◂◂

Wie sich herausstellte, hatten Lamberts Eltern den Knaben, der eines Tages ohne eine Menschenseele vor Zs Behörde aufgetaucht war, bei sich aufgenommen. Teils aus Pflichtbewusstsein (Lamberts Vater), teils aus Nächstenliebe (Lamberts Mutter), und wenn Lambert heute daran denkt, dass seine Mutter später einmal angedeutet hat, dass er an ihrer Entscheidung nicht ganz unbeteiligt gewesen sei, verursacht ihm das erst recht eine Beklemmung. Angeblich hatte nämlich die Stille, die beharrlich aus seinem Zimmer drang, sie und seinen Vater auf die Idee gebracht, auf ihre alten Tage noch einmal die Verantwortung für jemanden zu übernehmen. Ihr Sohn hatte die elterliche Wohnung ja verlassen und hielt es – zumindest in ihren Augen – für *angebracht*, den Kontakt zu ihnen auf ein Minimum zu beschränken.

Die für ihn vorgesehene Zukunft hatte Lambert ebenfalls dagelassen, und eine solche Zukunft war genau das, woran es diesem in Z gestrandeten jungen Menschen fehlte – ganz abgesehen von einer Reihe anderer Dinge, darunter, hier, also in Z erst einmal richtig anzukommen. Als Lambert dem Schützling seiner Eltern begegnete, hatten sie ihn zwar in seinem ehemaligen Zimmer untergebracht, dafür gesorgt, dass er aus diesem herausgekommen war, hatte allerdings – wenn auch jede ohne Absicht – Lambert. Später würde er das als seinen Beitrag betrachten, im Scherz bezweifelnd, ob der Knabe ohne seinen unangekündigten Besuch seinen Schlupfwinkel je verlassen hätte. Lamberts ehemaligen Schlupfwinkel, aus dem in seiner Abwesenheit der Schlupfwinkel eines anderen geworden war. Wer weiß, wie lange der Knabe darin schon auf jemanden wie Lambert gewartet hatte?

Natürlich wollte er alles über die Odyssee, die der Knabe hinter sich haben musste, erfahren, der aber hatte beschlossen, sämtliche Einzelheiten, die Reiseroute, das Beförderungsmittel, sogar, wer das alles finanziert hatte, zu verschweigen. Um seiner eigenen Sicherheit willen, wie Lambert zunächst annahm, vielleicht aber auch aus psychologischen Gründen, was damit zusammenhängen mochte, dass sie einander an der Schwelle seines ehemaligen Jugendzimmers begegnet waren. Ein Zufall, eine Fügung, auf alle Fälle von einer dramatischen Wirkung, die Lambert – freilich, ohne sich dessen vollends bewusst zu sein – veranlasste, mit sich übereinzukommen, ungeachtet jeder wie immer gearteten Verschwiegenheit einen Beitrag zum Wohlergehen dieses jungen Mannes leisten zu wollen.

Dabei ließ sich die Anziehungskraft, die von dem Knaben namens Sandip auf Lambert ausging, wie sich noch herausstellen sollte, gar nicht unbedingt darauf zurückführen, dass er einen langen Weg zurückgelegt hatte. Auch dass ihn seine Reise ausgerechnet in Lamberts Zimmer geführt hatte, und selbst die Fügung, ihm in den Fußstapfen seiner eigenen Vergangenheit begegnet zu sein, spielten dabei nicht die entscheidende Rolle. Lamberts Auffassung nach haftete beidem, ebenso wie seiner Verschwiegenheit, was die Details seiner Reise betraf, vielmehr etwas von *begleitenden Symptomen* an.

Dass Lambert sich vom ersten Augenblick an zu diesem jungen Menschen hingezogen fühlte, hatte mit etwas Fremdem in dessen Wesen zu tun, etwas, das Lambert merkwürdig vertraut vorkam, mit einer Andersartigkeit, der er, wenn auch nur flüchtig, an seiner eigenen Person bereits begegnet war. An dieser Besonderheit im Wesen des Schützlings seiner Eltern lag es, dass aus Lambert bald wieder ein häufiger Gast in ihrer Wohnung werden sollte.

So viel Zeit die beiden aber auch miteinander verbrachten, so viel Aufmerksamkeit Lambert dem Jüngeren auch widmete, beides konnte nicht verhindern, dass das in ihm geweckte Bedürfnis, sich von seiner fürsorglichen Seite zu zeigen, nach und nach Züge einer Missgunst annahm – sogar einer regelrechten Abneigung, die Lambert nicht weniger rätselhaft vorkam als die Anziehungskraft, die von Anfang an von dem Knaben ausgegangen war. Da er zunächst auf Eifersucht tippte (etwa weil seine Eltern Sandip an den durch sein Fernbleiben freigewordenen Platz gesetzt hatten?), nahm Lambert sich vor, fortan alles, was eine solche befeuern mochte, bedingungslos zu umarmen. Demonstrativ überließ er Sandip sein Zimmer, indem er das Poster mit dem verzweifelten Rockmusiker von der Türe herunternahm, wie man ein Sternbild vom Firmament holt, faltete es und ließ es in einer Lade verschwinden wie eine vergangene Epoche. Lambert hörte auf, unablässig Fragen zu stellen. Von wo der Jüngere aufgebrochen, was auf dem Weg hierher alles passiert sei, wen er zurückgelassen habe und was er sich hier eigentlich genau erwarte. An Lamberts zunehmender Missgunst änderte das allerdings nicht unbedingt etwas, und schließlich musste er sich eingestehen, dass es dabei um etwas viel Simpleres, etwas geradezu Beschämendes ging. Was Lambert diesem jungen Burschen, der bei seinen Eltern Unterschlupf gefunden hatte, gegenüber empfand, war Neid.

Lambert konnte sich das nur so erklären, dass dieser Neid, der jedes Mal, wenn die beiden zusammen waren, ein Stückchen weiter wuchs, daher rührte, dass Sandip von woanders stammte, nicht von hier war, nicht aus dieser Gegend, nicht aus Z, das damals noch unter seinem vollständigen Namen bekannt war.

Von *woanders* zu sein stellte für Lambert einen uneinholbaren Vorsprung dar, und der wurde umso größer, je näher sich die beiden kamen. Seine ungewisse Herkunft erhob Sandip in Lamberts Augen vielleicht nicht unbedingt über die Einheimischen, hier nur gelandet zu sein barg allerdings ein rätselhaftes Talent, dazu geeignet, wie bei Talenten im Allgemeinen üblich, auf eine Mehrheit den Anschein besonderer Verwundbarkeit zu erwecken.

Seit er sich zurückerinnern konnte, hatte Lambert das Bedürfnis verspürt, von hier wegzugehen. Das Einzige, woran es ihm dafür gefehlt hatte, war ein überzeugender Grund gewesen. Etwas, das ihn dazu gezwungen, oder jemand, der ihn dazu angestiftet hätte. Einfach nur um des Weggehens Willen wegzugehen, war ihm immer wie jenes allseits bekannte Abenteuer erschienen, dessen vorrangiges Ziel darin bestand, als jemand *anderer* zurückzukehren. Daher rührte Lamberts Verlangen allerdings gar nicht. Vielmehr empfand er es als unumgänglich, wegzugehen, um der zu werden, der er eigentlich war.

Sein Elternhaus zu verlassen und auf eine für ihn vorbereitete Zukunft zu verzichten, hatte ihn vorläufig noch nirgendwohin gebracht. Ausgerechnet die Begegnung mit Sandip ließ es nun jedoch so aussehen, als ginge es gar nicht darum, von hier wegzugehen, sondern vielmehr darum, gar nicht erst von hier zu *sein*, schließlich lag darin der überzeugendste Grund, anders zu sein, als die Menschen hier nun einmal waren.

Wer aus derselben Gegend stammt, gibt sich bestenfalls anders, vielleicht ja, um sich von den Einheimischen zu unterscheiden. Wer hingegen nicht von hier ist, kann gar nicht anders und stellt, so gesehen, in den Augen der Einheimischen im schlimmsten Fall eine Gefahr dar.

Als Zs Bevölkerung damit begann, sich immer ungenierter darüber zu empören, wenn wieder einmal eine Zukunft, die angeblich für jemanden aus ihren Reihen vorgesehen war, jemandem von woanders angeboten wurde – natürlich ohne dabei an den Schützling von Lamberts Eltern zu denken und im selben Moment niemand anderen als genau diesen vor Augen zu haben –, begriff Lambert erst, wie folgenschwer das Aufeinandertreffen mit diesem jungen Menschen seine Einstellung nicht nur Zs Bevölkerung gegenüber, sondern gegenüber *seiner* eigenen Zukunft verändert hatte.

Die beharrliche Weigerung des Knaben, auch nur ein Sterbenswörtchen über den Weg, der ihn aus dem Land seines Ursprungs nach Z geführt hatte, preiszugeben, zeigte mit der Zeit ebenfalls ihre Wirkung auf sein Verhältnis zu Lambert.

Hatte Lambert sich anfangs noch damit getröstet, es ginge dabei darum, ihn nicht mit heiklen Informationen zu belasten, sah es immer mehr danach aus, als liege diesem Schweigen mangelndes Vertrauen zugrunde. Mit dem kleinsten Hinweis wäre Lambert schon zufrieden gewesen, aber nicht einmal mit einem solchen rückte Sandip heraus. Er verschwieg sogar, ob er die Strecke über Wasser oder über Land zurückgelegt hatte. Alles, was sich unterwegs zugetragen hatte, schien verloren gegangen, noch ehe er in Z gelandet war, und erhielt – nicht zuletzt deswegen – nachträglich eine Bedeutung, die ihm in diesem Ausmaß womöglich gar nicht zukam.

Der Umstand, dass er aus dem Nirgendwo gekommen sein sollte, ließ, was Sandip von den Einheimischen unterschied, hingegen nur noch größer, noch unüberbrückbarer erscheinen, und allmählich hatte auch Lambert, obgleich dem Knaben mehr als nur zugetan, so seine Schwierigkeiten, zu akzeptieren, dass von jemandem, der es doch heil hierhergeschafft hatte, rein gar nichts über den dabei zurückgelegten Weg in Erfahrung zu bringen sein sollte.

In Anbetracht des glücklichen Ausgangs seiner Odyssee, eines Ausgangs, für den Lambert sich bis zu einem gewissen Grad mitverantwortlich fühlte, erschien ihm ein solches Schweigen geradezu respektlos. Nicht so sehr ihm, seinen Eltern oder gar der hiesigen Bevölkerung gegenüber, respektlos vielmehr beim Gedanken an all jene, denen bisher der Mut, vielleicht aber auch einfach nur die überzeugenden Gründe gefehlt hatten, sich auf den Weg zu machen. So tief kroch die Verwirrung in Lambert, dass er ernsthaft befürchtete, sollte sich an Sandips

Verschwiegenheit nichts ändern, werde eines Tages sogar einer wie er – ja, Lambert –, im Allgemeinen ein Befürworter des Weggehens, die ablehnende Einstellung eines Teils der hiesigen Bevölkerung zumindest – als ob das nicht schon schlimm genug wäre – nachvollziehen können. Eine Einstellung, die besagte, dass sich Menschen, die von weit her kamen, in den seltensten Fällen willens zeigten zu teilen, was sie mitgebracht hatten – mochte es sich dabei auch einfach nur um ihre Geschichte handeln.

Hatte Sandip denn etwas zu verheimlichen? Ging es ihm darum, etwas für sich zu behalten, Lambert vergleichbar, der danach trachtete, für sich zu behalten, dass er ausgerechnet in dem Knaben jemandem begegnet war, der geradezu *verkörperte*, dass er, Lambert, sich glücklich schätzen konnte, dort zu sein, wo er immer schon gewesen war, und gefälligst auch dortbleiben sollte, anstatt in seinen Träumen damit zu spekulieren, wegzugehen?

So weit war Lamberts Verwirrung schon gediehen, dass er annahm, *weggehen* käme in seiner Situation einer Respektlosigkeit all jenen gegenüber gleich, denen nichts anderes übrig blieb, als dort auszuharren, von wo wegzugehen er selbst genauso wie der Großteil der Bevölkerung hier als ihre einzige Chance bezeichnet hätte.

Als Lambert sich schließlich von dem Knaben in der Obhut seiner Eltern zurückzog, geschah das allerdings nicht unbedingt als Reaktion auf dessen Heimlichtuerei, sondern weil es immer mehr danach aussah, als wäre in seiner Person ein neuer Traum an die Stelle eines alten gerückt. Ein Traum, wie Lambert ihn noch nie zuvor geträumt hatte, einer, vor dem er vorerst allerdings noch zurückschreckte, vielleicht ja, weil ein anderer seiner Träume gerade erst geplatzt war.

Zurück in der Gegenwart ist es eine Folge dumpfer Töne, die Lambert vor einem imposanten Gebäude stehen bleiben lässt. Bei dem Wohnhaus handelt es sich um eines von denen, die sich einst im Besitz der öffentlichen Hand befunden haben, erbaut im Stil einer mittelalterlichen Festung, die Fenster zur Straße hin zusammengekniffen wie Schießscharten, eine Fahnenstange in den Himmel gereckt, bereit, Botschaften aus dem Weltall zu empfangen.

Lambert ist an aufgelassenen Geschäftslokalen und leeren Lagerhallen vorbeigekommen, er hat von Autowrackteilen übersäte Grünflächen überquert und Kreuzungen, die legalen und illegalen Waren als Umschlagplatz dienen. Hierbei handelt es sich jedoch um die ersten Geräusche, denen er seit dem Getöse von Frau Hauptmanns Staubsauger begegnet. Lambert kann jedes einzelne von ihnen förmlich spüren. Sie kommen von unterhalb des Gehsteigs, und Lambert bleibt gar keine andere Wahl, als ihnen auf den Grund zu gehen. Was da zu ihm nach oben dringt, erinnert an stampfenden Bass – als verfüge dieses Gebäude über seinen eigenen Herzschlag. Bei genauerem Hinhören lokalisiert Lambert die Quelle des Pumpens dann aber jenseits des Eingangsbereichs, und er muss an einen jener Clubs denken, die er in seiner Zeit in Z gelegentlich frequentiert hat. Kann es sein, dass einer von ihnen seinen Betrieb nie eingestellt hat, weshalb sich irgendwo da unten Tänzer und Tänzerinnen in der Endlosschleife eines hypnotisierenden Rhythmus befinden? Vielleicht haben sich unversöhnliche Anwohner in einer von unzähligen schlaflosen Nächten dazu entschlossen, den Zugang zu dem Club ganz einfach verschwinden zu lassen. Der Musik wäre demnach gar nichts anderes übrig geblieben, als ewig weiterzulaufen – subkutan wie ein von Amphetaminen angetriebener Puls der Stadt. Dieser Gedanke bringt Lambert wieder auf seine Eltern. Nicht unbedingt wegen der strengen Maßnahme, er fragt sich vielmehr, wie die beiden sich gefühlt haben mögen, als er nach einer weiteren Ewigkeit ohne nennenswertes Lebenszeichen eines schönen Tages mit einem Vorschlag für die Zukunft ihres Schützlings erneut vor ihrer Tür stand.

Den Anblick der holzschnittartigen Empörung, von der geprägt sich ihre Gesichter abwechselnd präsentierten, hat Lambert bis heute nicht vergessen. Genauso wenig wie den Anflug von Erleichterung, der sich, während eines ihrer Gesichter ganz im Zeichen der Empörung stand, über das andere hinwegstahl. Lambert zufolge eine Erleichterung darüber, dass überhaupt jemand bereit war, sich ihres Schützlings anzunehmen. Die Zeit, die einen jungen Mann aus ihm gemacht hatte, hatte Lamberts Eltern einsehen lassen, dass die Holzbranche auch für ihn nicht das Richtige sein dürfte. Eine Alternative vorzuschlagen hatte hingegen weder Lamberts Vater noch seine Mutter übers Herz gebracht – schon gar nicht in Anbetracht der Empörung im Gesicht des oder der jeweils anderen. Dazu musste erst jemand vorbeikommen, bereit, dies ungeachtet einer allfälligen Empörung auf sich zu nehmen. Am besten jemand, von dem ohnehin nichts anderes zu erwarten gewesen wäre, denn mochte Lamberts Eltern sonst auch kaum eine Ähnlichkeit zwischen ihrem Schützling und ihrem leiblichen Sohn aufgefallen sein – dass beide etwas an sich hatten, wofür es ihnen an Verständnis fehlte und, wie es aussah, auch immer fehlen würde, war ihnen nicht verborgen geblieben. Ausgerechnet das, was Eltern, vor allem aber Pflegeeltern aus ihnen gemacht hatte, sorgte nun allerdings dafür, dass es in diesen Dingen bei einer Ahnung blieb und auch in Zukunft bleiben würde. Sie hatten also kaum eine andere Wahl, als sich einzugestehen, dass die *besondere Begabung*, die an ihrem Schützling zu übersehen ihnen nicht gelingen wollte, in der Obhut eines anderen besser aufgehoben wäre. Und dieser andere war nun in Lamberts Person erschienen und stellte noch dazu eine berufliche Laufbahn in Aussicht, die sich irgendwie zukunftsreich anhörte.

Aus eigenem Antrieb hatte sich ihr Schützling übrigens noch nicht einmal dazu geäußert, was er von einem der Verarbeitung von Holz gewidmeten Lebensweg hielt. In Sachen Holz war ihm bisher kaum ein Wort über die Lippen gekommen. Für seine Pflegeeltern nichts als eine weitere Facette der ihm eigenen Verschwiegenheit. Es fiel ihm schwer, initiativ zu werden. Was ihnen komisch vorkam, hatte er sich doch einst mutterseelenallein auf den Weg nach Z gemacht. Diese Strecke schien ihm wirklich alles abverlangt zu haben. Als hätte er sie weder für sich allein noch einfach nur *zurückgelegt*, sondern so lange und so oft, bis keine Rückkehr mehr vorstellbar war, zumindest jedoch zwei Mal, einmal für das, was war, einmal für das, was sein würde, weswegen er erneut am Start gelandet war.

Vor einem Wohnhaus der Gemeinde stehend, den Puls der Stadt unter den Schuhsohlen, hat Lambert das Gefühl, diesmal von seinem eigenen Denken an der Nase herumgeführt zu werden. Er hat begonnen, sich gedanklich im Kreis zu drehen. Wenn er so weitermacht, dürfte demnächst wieder der Gefechtsturm mit dem Aquarium vor ihm auftauchen, diesmal zur Abwechslung in Gestalt der Aussichtswarte. Lambert ist nicht zurückgekommen, um in Erinnerungen zu schwelgen, er ist hier, um etwas in Ordnung zu bringen. Was geschehen ist, ist ihm so weit bekannt, die Frage ist, was anders hätte laufen können?

Er anstelle seiner Eltern hätte beispielsweise wissen wollen, weshalb seine Wahl ausgerechnet auf ihren zum jungen Mann gereiften Schützling gefallen war.

Eine solche Frage, noch dazu gestellt von zweien, in deren Gesichtern einander Empörung und Erleichterung abwechselten, hätte Lambert damals nur schwer zu beantworten gewusst, und vielleicht hätte ihm ausgerechnet dieser Umstand etwas klargemacht. Heute bereitet ihm eine Antwort darauf kein Kopfzerbrechen mehr. Inzwischen ist, was damals seinen Anfang nehmen sollte, aber auch zu einem zumindest vorläufigen Ende gekommen.

Dass Lambert sich mit jemandem zusammentun sollte, der ihm dabei behilflich wäre, seine Kreativität zu größtmöglicher Entfaltung zu bringen, hatte ihm immerhin ein Fachmann für High Fidelity geraten. Wer dafür als Einziger infrage kam, war Lambert wiederum beim Anblick der DX klar geworden. Die Empfehlung hatte schließlich nicht gelautet, ein Inserat am schwarzen Brett auszuhängen. Lambert war mit der Erfahrung eines erstklassig bestückten Sortiments elektronischer Unterhaltungsgeräte im Rücken darauf hingewiesen worden, dass es galt, jemand ganz Bestimmten, jemanden mit der Qualifikation *auserwählt* zu sein an seine Seite zu holen. Er hatte diesen Rat noch nicht einmal als Aufforderung verstanden, sich auf die Suche nach einem geeigneten Mitarbeiter zu begeben. *Anders* betrachtet – und eine andere Perspektive entsprach viel eher Lamberts Herangehensweise an die Welt –, anders betrachtet hatte er einen professionellen Tipp erhalten, wie sich eine Suche, auf der er sich schon die längste Zeit über befand, zu einem erfolgreichen Abschluss bringen ließ.

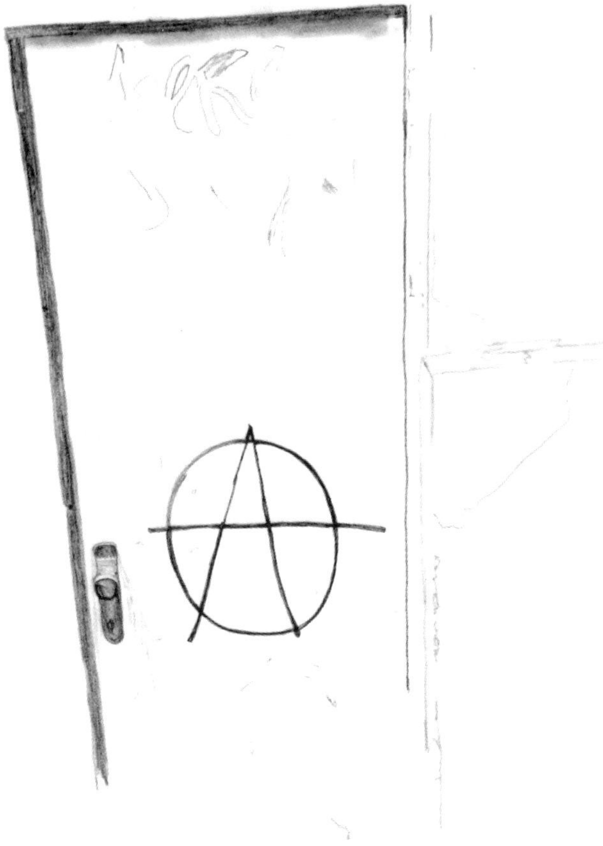

Was er suchte, war eine einigermaßen einleuchtende, eine akzeptable Begründung – sei es für ihn selbst, sei es für andere –, warum Lambert gar nichts anderes übrig blieb, als sich mit einem ganz bestimmten jungen Mann zusammenzutun. Lamberts Suche galt einer Antwort auf eine einzige Frage, jene, die er sich von seinen Eltern erwartet hätte: Wie er eigentlich auf die Idee gekommen war, dass ausgerechnet ihr Schützling sich für jene berufliche Laufbahn, die ihm da vorschwebte, eignen würde?

Die Antwort darauf fällt Lambert heute leichter, was nicht heißen soll, dass er sich damals nicht bereits im Klaren darüber gewesen wäre. Was er benötigte, war nun einmal kein spezifisches Talent oder Know-how. Ihm fehlte jemand, bereit, sich ihm anzuschließen und zwar mit allem, woraus er bestand, allem, was ihn *ausmachte*. Und der Schützling seiner Eltern erwies sich dafür ganz einfach als der ideale Kandidat. Dass er damit nicht vollkommen falsch lag, zeigte sich für Lambert schon allein darin, wie wenig Schwierigkeiten es dem auf diese Weise Auserwählten bereitete, sein bisheriges Leben hinter sich zu lassen, sich von seinen Pflegeeltern zu verabschieden, wegzugehen und, in *Sindy* verwandelt, zu Lambert zurückzukehren.

Während es ihm, der jene Unzertrennlichkeit bei seinem unangekündigten Erscheinen in der elterlichen Wohnung ebenfalls gleich wiedererkannt zu haben meinte, in der Folge gar nicht so leicht fiel, die letzten Reste dessen, womit er doch angeblich schon die längste Zeit über abgeschlossen hatte, hinter sich zu lassen, schien es Sandip gar nicht abwarten zu können, endlich ausreichend Ballast abgeworfen zu haben, um – einer Raumkapsel vergleichbar, die sich Stufe um Stufe der für den Start unverzichtbaren Trägerrakete entledigt – die auf ihm lastende Atmosphäre zu verlassen. Allein durch die Unbekümmertheit, mit der Sandip bereit war, sein Alter Ego willkommen zu heißen, half er Lambert, ohne auch nur auf einen Knopf gedrückt, ohne irgendeinen Regler betätigt zu haben, also bereits bei dem, was sich als die bis dahin größte Herausforderung in dessen Leben herausstellen sollte – er half ihm dabei, Bert zu werden.

hatte Lambert schon geträumt, lange bevor Bert aus ihm geworden war.

Von einer *Krach*hochschule, darauf ausgerichtet, die Entfernung zwischen Lärm und Wohlklang abzumessen, den gesamten Planeten zu befragen, was noch alles an ungehörten Tönen in ihm steckte. Ein Lehrplan, Strategien auszuarbeiten, bekannte Klänge mit bisher unbekannten Methoden zu erzeugen. Eine Ho(r)chschule mit auf die Ohren abgestimmten Hörsälen, deren Ausstattung – Klappsitze, Wandverkleidung, Bodenbelag – *anders* als im herkömmlichen Lehrbetrieb eine akustische Aufgabe zukäme. Eine Bibliothek, die sich nichts darauf einbildete, was die Lektüre ihrer Bücher versprach, sondern welch ausgeklügelte Vielfalt an Geräuschen jedes Einzelne von ihnen bereithält. Stolz darauf, dass sämtliche Bände im Regal mit der Aufschrift Ökonomie dazu taugen, den Sound von Bankrott hervorzurufen, Konjunktur wie einen Zyklus von Aufschwung, Cashflow und Rezession klingen zu lassen. Eine Bibliothek, die dem Umstand, dass viele ihrer Bücher als vergriffen gelten, kaum Bedeutung beimisst, hingegen auf die Art ihrer Bindung Wert legt, auf die Widerstandsfähigkeit ihrer Umschläge, den Zerreißcharakter ihres Papiers, seiner Geschmeidigkeit beim Zerfetzen.

Lambert hatte sich eine Schule vorgestellt, die denjenigen, die sie besuchen, beibringt, ihr Interesse auf die Zutaten zu richten anstatt auf das fertige Gericht, der Verpackung mehr Aufmerksamkeit zu widmen als dem Inhalt, egal ob Geschenkpapier, Alufolie, Außenverputz, Nuss- oder Bananenschale. Eine, deren Notensystem vorsieht, Tierlaute nachzuahmen, an der Fächer als Resonanzkörper dienen und Pausen im Grunde nur den

Lärm davor vom Lärm danach abheben sollen. Einen Unterricht der unkonventionellen Herangehensweisen, dessen Lehrplan zufolge kein Verhalten, kein Verlangen, kein Bedürfnis imstande sein sollte, für Befremden zu sorgen. Von einer solchen Akademie hatte Lambert bereits geträumt, ehe Bert aus ihm geworden war.

⏩

Die Schubkarre, die vor ihm dahinrollt, ohne ihm allzu viel Anstrengung abzuverlangen, signalisiert Lambert nun wieder, dass er es ist, der die maßgebliche Antriebskraft darstellt. Er hat nicht länger das Gefühl, sich an den Plastiküberzügen ihrer Griffe festzuklammern, und doch ist er sich bewusst, dass es ihm nicht möglich wäre, diesen Weg ohne diese Schubkarre zu beschreiten. Sie ist es, die ihn veranlasst, in Bewegung zu bleiben. Auch die DX leistet ihren Beitrag, indem sie dafür sorgt, dass nichts an dieser Situation aus dem Gleichgewicht gerät. Früher hat ihre Aufgabe darin bestanden, sich alles Wesentliche zu merken. Lambert weiß, dass vieles davon für immer ein Geheimnis bleiben wird. Schließlich haben sich Sindy & Bert nicht umsonst hinter die Kulissen zurückgezogen. Aufs Vortäuschen verstanden sich die beiden wie sonst kaum jemand, egal ob es darum ging, draußen dichten Verkehr herrschen, die Erde beben, einen Vulkan ausbrechen oder einfach nur eine Leidenschaft aufblühen zu lassen, die zart besaitete Charaktere womöglich arg verunsichert hätte. Ein Duo, wie Sindy & Bert eines bildeten, hatte es darauf angelegt, niemanden dahinter kommen zu lassen, welche Praktiken in ihrem Studio (»unser Kinderzimmer«) zur Anwendung kamen.

Was das anbelangt, konnte geradezu von einem Qualitätskriterium gesprochen werden. Nur so konnten

Sindy & Bert davon ausgehen, dass man ihre Arbeit für *unerhört* hielt, für Zauberei, für eine Meisterleistung an Täuschung, hinter der weniger Tüftelei steckte als vielmehr … Poesie.

Bei dem Wort Poesie muss Lambert an die von der Studiodecke hängende Kinderschaukel denken und an den Nachmittag, an dem diese – Bert hatte es wieder einmal übertrieben – aus der Verankerung riss, reißen musste. Ohne Rücksicht auf die laufende Aufnahme war Sindy hinter der Glasscheibe hervorgestürzt und hatte zu einer seiner berüchtigten Moralpredigten ausgeholt, in deren Verlauf er Bert regelmäßig vorwarf, allzu leichtsinnig mit seiner Gesundheit umzugehen. Und Bert? Der saß, während sich der Wortschwall seines Partners wie ein Kübel lauwarmen Wassers über ihn ergoss, mit schmerzendem Hintern auf dem Studioboden und fragte sich, ob ihn Geräusche, wie er sie nun doch schon so lange produzierte, beim Versuch, sie auch nur mit einem Hauch von Wirklichkeit auszustatten, bis zum Ende seiner Tage an seine Grenzen bringen würden.

Es heißt, wer nach den Sternen greift, wird eines Tages nicht mehr wissen, wie sich anfühlt, was er bisher berührt hat. Aber es heißt auch, dass derjenige, der sich in der Grenzenlosigkeit auf die Suche begibt, fortan mit *anderen* Augen sieht. In der Halle eines Bahnhofs, auf dessen Gleisen einst sämtliche Züge verkehrten, wird er sich vorkommen wie im Inneren eines ehemals prall gefüllten Bauches, der sich in anderen Zeiten von durch ihn hindurchströmenden Reisenden – frustrierten Pendlern, zappeligen Schulkindern – ernährte. Ihr allmähliches Ausbleiben hat ihn sterben lassen, und aus der von seinem Untergang ausgelösten Druckwelle ist ein anderer Typ Passagier hervorgegangen.

Punks sitzen grüppchenweise mit ihren Hunden auf dem Boden und bilden kleine Inseln, die nicht unbedingt den Anschein totaler Unabhängigkeit erwecken. Sie haben sich aufgrund der Überreste brachliegender Ressourcen wie schützender Überdachung, fließenden Wassers und halbwegs funktionierender Toiletten hier eingefunden. Mit anderen Augen lässt sich erkennen, dass ihre Hunde mit Menschen, denen es nichts ausmacht, vorübergehend in einer ehemaligen Ankunfts- und Abfahrtshalle zu hausen, mehr anzufangen wissen als mit solchen, die morgens wegfahren, um abends wieder zurückzukehren. Die Trostlosigkeit der verlassenen Schalter, Wartebereiche und Raucherzonen scheint die Tiere in ihrem Misstrauen gegenüber einer von Menschen gestalteten Welt zu bestätigen. Stadtstreicher, die den Hang zur Zusammengehörigkeit der Punks bereits hinter sich haben, halten, wenn auch nicht unbedingt nüchtern, so doch verhältnismäßig unsentimental Ausschau nach einem geeigneten Schlafplatz. Einer hat sich unter eine einsturzgefährdete Treppe verkrochen, eine andere ins Innere der Kabine eines geplünderten Fotoautomaten.

Ungeachtet der vermeintlichen Friedfertigkeit der Anwesenden ist die Bahnhofshalle von einer Bedrohung erfüllt, die hinter ihnen liegt oder ihnen bevorsteht. Es handelt sich um eine Bedrohung, wie Lambert ihr noch nie begegnet ist. Sie basiert auf keiner jener Choreografien, die er von früher kennt, ob unterstützt von düster gestimmten Instrumenten, aus deren Mitte ein Gong ertönt, wenn niemand damit rechnet, oder geheimnisvollen Klängen, wie sie das Theremin hervorbringt, das aus der Zukunft zurückbeordert wurde, weil es hieß, es berge einen Klang, den zu erzeugen sogar bedrohlich anzusehen sei. Hinter einer Bedrohung wie jener, von der die Bahnhofshalle erfüllt ist, steckt allerdings auch kein Computer, jene Quelle, die für sich in Anspruch nimmt, als einzige das Erzeugen wirklicher Gefahr zu beherrschen – einer Gefahr, neben der alles, was je zuvor als bedrohlich empfunden wurde, nur noch den Anschein naiver, durch und durch harmloser Unterhaltung erwecke. In der Bahnhofshalle drohen Vergangenheit und Zukunft die Gleise gewechselt zu haben.

Die Stadtstreicher legen sich in Decken gehüllt schlafen, während die Punks rund um imaginäre Lagerfeuer sitzen und – danach sieht es für Lambert zumindest aus – ein Wettrülpsen veranstalten, was wiederum ihre Hunde veranlasst, dreinzuschauen, als wären sie gelegentlich lieber mit jemandem vom anderen Typ Obdachloser auf Achse.

Die hier gegenwärtige Obdachlosigkeit sorgt dafür, dass Lambert sich wie der Vertreter einer Generation fühlt, die nicht nur in den Genuss sogenannter besserer Zeiten gekommen ist, sondern es verabsäumt hat, zu verhindern, dass schlechtere daraus wurden. Er hat den Eindruck, dass alle in dieser Bahnhofshalle Versammelten entweder ein bisschen zu früh oder eindeutig zu spät hier gelandet sind. Der richtige Zeitpunkt wird schließlich nicht von den Fahrplänen, sondern von den Zügen bestimmt, und in eine Unterkunft verwandelt sich ein Bahnhof erst, wenn sich das Warten als vergeblich herausgestellt hat.

Während die Punks ihre Skepsis der Zukunft gegenüber zum Ausdruck bringen – wie imaginäre Adressen prangen entsprechende Slogans an der Rückseite ihrer Jacken –, veranschaulichen die Stadtstreicher, wie es sich anfühlt, von der eigenen Vergangenheit eingeholt worden zu sein. Einer von ihnen hat sich in einen dicken Mantel gewickelt, als stelle das Kleidungsstück seine Wohnung dar. Neben ihm steht ein Einkaufswagen, den Lambert für seinen Begleiter hält, und da der Weg eines Stadtstreichers über hartes Pflaster führt, vernimmt er, wenn auch nur vorstellungshalber, ein metallisches Klirren, ein heiteres Scheppern.

▸

Beschäftigungslosigkeit hat die Flügel der Schwungtür träge werden lassen. Um sie aufzubekommen, gilt es sich mit aller Kraft dagegenzustemmen. Das Betreten des Bahnhofs ist bedeutend einfacher gewesen. Um ihn wieder zu verlassen, nimmt Lambert den rückwärtigen Ausgang, er merkt das jedoch erst beim Anblick einer Skulptur, die sich aus einem Becken im Zentrum des vor ihm liegenden Platzes erhebt.

Lambert kennt diese Skulptur. Früher einmal war er überzeugt, einen Menschen in religiöser Verklärung darin zu erkennen. Damals war das Becken allerdings auch noch bis obenhin mit Wasser angefüllt gewesen, wodurch es so ausgesehen hat, als ruhe die mächtige abstrakte Form aus Bronze schwerelos auf seiner Oberfläche. Soweit Lambert noch weiß, hat er sich vorgestellt, irgendwo dort, wo das Becken in den Boden übergeht, entspringe seit Urzeiten eine ganz besondere Quelle. Ein von unsichtbarer Kraft zum Fließen gebrachtes Gewässer, das ganze Generationen von Menschen veranlasst hat, an seinen Ufern zusammenzukommen, zu meditieren, Wäsche zu waschen, ihre Kinder darin plantschen zu lassen – und Generationen von Industrien, ihr durch den Produktionsprozess geweihtes Abwasser hineinzuleiten. Heute befindet sich kein Wasser mehr in dem Becken, heute sieht Lambert die Skulptur mit *anderen* Augen, und er erkennt, dass der scheinbar in Verklärung erstarrte Mensch eine frohe Botschaft für ihn bereithält. Von hier aus, lautet sie, weiß Lambert, wie es zu Sindy & Berts ehemaligem Studio geht. Von hier aus ist ihm der kürzeste Weg genauso geläufig wie der längste.

Die Rückkehr seiner Orientierung erfüllt Lambert mit einer Euphorie, von der er angenommen hat, sie würde jenem Moment vorbehalten bleiben, in dem er sämtliche Hindernisse überwunden haben wird, in dem ihn nur noch ein paar Schritte von seinem Ziel trennen. Ob das, was er gerade empfindet, ein Vorschuss auf jenes finale Glücksgefühl ist und später davon abzuziehen sein wird? Jetzt gilt es erst einmal, die verbleibende Strecke unbeschadet zu bewältigen, weder die Neigung der Kurve, die der Weg weiter vorne macht, zu unterschätzen, noch außer Acht zu lassen, dass es in einigen der zur Auswahl stehenden Gassen eng werden könnte. Soweit Lambert sich erinnert, handelt es sich bei mehr als einer davon um eine Sackgasse.

Aus der Distanz wird ein Gebäude Zeuge, wie Lambert sich über seine Schubkarre beugt und unter die

Luftpolsterfolie schaut, als verberge sich darunter etwas Lebendiges, etwas aus Fleisch und Blut. Bei dem Gebäude handelt es sich um das alte Umspannwerk mit seinen ineinanderfließenden Winkeln, und während dessen optischer Überzeugungskraft schon vor Längerem der Stecker gezogen wurde (Kurzschluss, Totalausfall, null Spannung), verspürt Lambert das Vorhandensein von Energiereserven, mit denen er nicht mehr gerechnet hat.

Als nächstes könnte das Umspannwerk, das, nebenbei bemerkt, in seinem aktuellen Zustand an eine übrig gebliebene Portion Pudding erinnert, Lambert beim Aufbruch zur letzten Etappe seines langen Weges beobachten und sich davon überzeugen, dass die folgenden paar Schritte die vielleicht schwierigsten seit seinem Aufbruch von zu Hause sind.

Zuerst präsentiert sich die abschüssige Kurve sehr viel heimtückischer als angenommen. Je näher Lambert ihrem Scheitelpunkt kommt, desto mehr verliert die Schubkarre an Halt, bis sie schließlich endgültig zur Seite hin abrutscht. Lambert meint noch, durch die Folie hindurch erkennen zu können, wie die DX vor Schreck erstarrt, aber da haben seine Schuhsohlen bereits keinen Gripp mehr, und er wird von der Schubkarre mitgerissen, wenn auch nur ein paar Meter, denn gleich darauf sieht er sich schon wieder mit einer unüberwindlich anmutenden Steigung konfrontiert. Die Schubkarre hier hinaufzuschieben erscheint ihm erst unmöglich, und sobald er sich darauf eingelassen hat wie das endgültig Letzte, was zu leisten er imstande sein wird. Lambert fühlt sich wie in einem Trichter, bereit, abgefüllt zu werden, von ansteigenden Wänden umgeben, die nicht den Eindruck erwecken, sich allein mit Willenskraft bezwingen zu lassen. Dann gibt der Boden unter seinen Füßen nach, wird weich wie Treibsand, was eigentlich gar nicht sein kann.

Lambert bleibt jedoch nicht einmal eine Sekunde, sich zu wundern, denn schon schlittert das Rad seiner Schubkarre eine Kante entlang und landet in einer schmalen Rille, die auf zwei Stufen zuläuft. Hilflos stolpert Lambert hinterher wie ein Anhängsel in Gestalt eines gebrechlichen alten Mannes, aber der Weg verlangt erneut, bergauf zu steigen und bergauf und bergauf, als gelte es, einen vertikalen Kreis abzuschreiten. Ein Looping? Alles Mögliche und Unmögliche scheint sich entlang dieses Streckenabschnitts versammelt zu haben, um Lambert auf die ultimative Probe zu stellen. Es dauert eine ganze Weile, bis er erkannt hat, dass es sich um ein etwa spielfeldgroßes Terrain handelt, um das sich die Schubkarre genauso gut herumschieben lässt, und über den Weg um dieses steinerne Beet unwegsam wuchernden Unkrauts herum geht es zu Zs Kirche.

Beim Anblick der Kirche kommt Lambert unweigerlich der Gedanke, die in der ganzen Gegend verbreitete Verwahrlosung zeichne sich an ihrer Fassade in beinahe überirdischem Ausmaß ab. Verzierungen scheinen heruntergeschlagen worden zu sein, an mehreren Stellen bröckelt der Verputz ab. Oberhalb des Eingangsbereichs sind dem Mauerwerk gewaltige Risse eingeschrieben. Heiligenfiguren fehlen Gliedmaßen. Aus den ovalen Fenstern wuchert Gestrüpp. Schlingpflanzen klettern an zwei riesigen Reliefsäulen empor. Das Innere stellt man sich von Affen bewohnt vor. Der Baufälligkeit von Zs Kirche haftet etwas Inszeniertes an, als hätten sich die geistlichen Vertreter der örtlichen Gemeinde dazu entschlossen, die offenbar von höherer Stelle abgesegnete Zerstörung ihres Gotteshauses nicht länger hinauszuzögern, sondern seinen Verfall lieber dahingehend zu beeinflussen, dass sein Anblick auf einem ausklappbaren Bildschirm Schaulustige in die ihnen geläufige Form einer Andacht versetzt.

Nicht nur die verstümmelten Heiligenfiguren lassen an göttliche Drohgebärden denken. Da die Architektur der Kirche Grundzüge des christlichen und des islamischen Sakralbaus mit antiken Elementen kombiniert, lädt ihr Zustand dazu ein, den Untergang der Kultur insgesamt darin zu erkennen.

Würde er nicht kurz davorstehen, seine Mission erfüllt zu haben, könnte Lambert an dieser Stelle gar nicht anders, als sich auszumalen, wie hervorragend die DX geeignet gewesen wäre, den Lärm aufzuzeichnen, den es verursacht haben muss, der Kirche all diese Verletzungen zuzufügen. Im Moment hat er jedoch etwas anderes im Kopf. Sobald er den kleinen Platz unmittelbar hinter dem Chorraum der Kirche erreicht hat, ist es nämlich endlich so weit. Der Platz verjüngt sich und mündet in einen Gehweg, der wiederum in eine schmale Straße biegt. An der Ecke liegen ein paar lose Autoreifen. Als nächstes müsste eine Lagerhalle kommen – Grasbüschel sprießen unbekümmert zwischen den Steinplatten des leeren Parkplatzes hervor –, dann folgt das Ladenlokal einer Industriewäscherei mit einer Werkstatt darüber, dann eine Garage (oder umgekehrt?), ein unscheinbares Wohnhaus, noch eins, ein elegantes Ateliergebäude, oder … dann aber auf alle Fälle ein industriell angehauchtes –

II

In vollendeter Las-Vegas-Manier wird Lamberts Fassungslosigkeit von jedem einzelnen Buchstaben des Wortes *Holunder* beleuchtet. Holunder nennen sie eine solche Pflanze, deren Blätter, Stängel und Äste seinen verdutzten Blick in sich aufsaugen, um ihn – Obhut vortäuschend – inmitten ihrer Weitverzweigtheit ins Leere laufen zu lassen. Das daneben nennen sie Birke, das dort Robinie oder Akazie oder … ganz egal, denn das alles gehört nicht hierher. Das hier ist der Standort eines Gebäudes mit dem Erscheinungsbild einer Industrieanlage und einer Reihe von Ausführungsmängeln, die es zu benennen gelten würde, sofern denn unbedingt etwas benannt werden müsste. Die schadhaften Eternitplatten in der Fassadenverkleidung zum Beispiel, die Aluminiumrahmen der Fenster, die Farbe der Kunststoffintarsien oder die unzureichende Dämmung.

Lambert hat nicht unbedingt damit gerechnet, irgendetwas davon ausgebessert vorzufinden. Er hat nicht angenommen, dass sie eine Gedenktafel an einer der Eternitplatten angebracht haben würden. Lambert hat nach all der Überwindung, die es ihn gekostet hat, hierher zurückzukehren, lediglich erwartet, wenigstens *ihrem* Haus gegenüberzustehen und nicht dieser Lücke, dieser Leerstelle, angesichts der ihm kaum etwas anderes einfällt als das Niedersausen einer überdimensionalen grünen Faust. Sollten sie allen Ernstes ausgerechnet dieses Gebäude abgerissen, in seine einzelnen Bestandteile zerlegt, mitsamt seinem ehemaligen Partner dem Erdboden gleichgemacht haben?

Ob er sich in der Adresse geirrt hat? Frau Hauptmann hat oft genug angedeutet, dass er dort, wo er sich gerade befand, eigentlich gar nicht hingehörte (»Mein Staubsauger wäre schon zufrieden, wenn Sie von seinem Kabel heruntersteigen würden«).

Gut, dass wenigstens Berts Toningenieur das nicht mehr zu sehen bekommt, denkt Lambert, schämt sich jedoch gleich darauf. Was denn sehen? Da gibt es ja gar nichts mehr zu sehen außer Buschwerk, das sich ungefragt über einen, über *den* entscheidenden Abschnitt seiner Vergangenheit gebreitet hat. Lambert spielt mit dem Gedanken, das Haus könnte sich aus dem Staub gemacht haben. Ob ihm Beine gewachsen sind, auf denen es sich nach Jahren vergeblichen Wartens selbst auf die Suche begeben hat? Auf die Suche wonach – oder muss es heißen: nach wem?

Wie auf Kamerafahrt lässt Lambert seinen Blick so lange über die üppig bewachsene Baulücke, die seine Vergangenheit einkassiert hat, gleiten, bis er auf die Feuermauer des angrenzenden Hauses stößt. Ein helles Dreieck, das von einer ehemaligen Dachregion übrig geblieben ist, teilt diese in zwei Bereiche, als hätte ihr jemand die Badehose ausgezogen. Der Fingerabdruck eines Gebäudes, das früher einmal hier gestanden hat. Da ist sie also, jene Fährte in die glorreiche Zeit von Bert & … den Namen von Berts Toningenieur auf den Lippen setzt Lambert einen seiner beiden Füße ins Gestrüpp. Er fühlt sich gleichermaßen angelockt wie zurückgewiesen, eingeladen und davon in Kenntnis gesetzt, dass ein Betreten, egal ob im Rahmen einer Mission oder schlicht einer Rückkehr, auf eigene Gefahr erfolgt.

Oberkörper und Kopf haben eben erst aufgeschlossen, einer von Lamberts Füßen ist vorausgegangen, der andere befindet sich noch außerhalb, wo die Schubkarre mit der DX auf ihn wartet, da bewegt sich zwei, drei Meter vor ihm etwas im Dickicht. Im ersten Moment rechnet Lambert kurioserweise damit, einer weiteren Ausgabe seiner selbst gegenüberzustehen – etwa Bert? –, obwohl es doch eigentlich Berts Partner sein müsste, der hier auf ihn gewartet hat. Stattdessen nimmt etwas Schwarzweißes, wie von einem Augenblick zum nächsten aufgeblasen, Gestalt an, reißt ein eher kleines, aufgrund einer Unzahl spitzer Zähne nichtsdestoweniger bedrohlich anmutendes Maul auf und beißt etwa in Höhe seines Schienbeins in Lamberts Hosenstoff. Lambert schreit auf und zieht das Bein zurück. Ein ausgewachsener Dachs bleibt daran hängen, und einen komischen Augenblick lang hat Lambert den vor Schreck leicht verschwommenen Eindruck, sein Partner habe sich während der vielen Jahre in der Abgeschiedenheit dieser Wildnis in die Farblosigkeit seines Urzustands zurückverwandelt.

Geistesgegenwärtig versetzt er dem Tier einen Tritt, woraufhin der Dachs, verblüfft ob dieser unerwarteten Attacke, loslässt und ebenso lautlos im Gestrüpp verschwindet, wie er zuvor darin erschienen ist.

Die Situation verliert wieder an Tempo. Das unverschämte kleine Raubtier ist in seinem Revier untergetaucht, und Lambert steht wieder neben der Schubkarre mit der DX. Er sieht nach seinem Bein, kann jedoch keinerlei Verletzung feststellen. Lediglich der Hosenstoff weist ein paar Risse auf, und Lambert fragt sich, was er sich eigentlich davon versprochen hat. Etwa seinen ehemaligen Toningenieur in dem Unterholz anzutreffen, das ein Dachs mittlerweile als sein Revier betrachtet? Hat denn irgendetwas an ihm – dem Toningenieur, wohlgemerkt – darauf hingedeutet, dass er eines Tages in einem derartigen Urwald untertauchen würde? Von einem Faible für den Botanischen Garten einmal abgesehen. Ein Eichhörnchen flitzt von dem, was sie Robinie oder Akazie nennen, hinüber zu einem Ungetüm, das wie der überdimensionale Plastikpilz eines Slalomkurses für Kinder aussieht und zweifellos auch einen exotisch klingenden Namen trägt. Völlig egal, denn das hier ist der Standort jenes Gebäudes, in dem sich das Studio befunden hat, das Lambert in seiner aktiven Zeit sein *Kinderzimmer* genannt hat.

▸

Warum hat Sindy nicht besser auf ihr Studio aufgepasst? Hat denn seine Aufgabe nicht darin bestanden, dafür zu sorgen, dass so etwas nicht passiert? Und wo ist er überhaupt? Lambert denkt an die Hartnäckigkeit, mit der sein Partner sich geweigert hatte, die ihm vertrauten Räumlichkeiten zu verlassen. Eines Tages scheint es dann aber so weit gewesen zu sein. *Angekommen* ist er allerdings nicht, jedenfalls nicht bei Lambert, und das, obwohl sich die DX die ganze Zeit über in dessen Keller befunden hat. Was nichts anderes bedeutet, als dass Berts Partner zusammen mit dem Gebäude verschwunden ist wie ein paar Jahre zuvor Bert, das heißt Lambert mit dem Aufnahmegerät. Sollte er etwa, von seiner Schwerhörigkeit dazu getrieben, hierher zurückgekehrt sein, nur um sich davon zu überzeugen?

Und was nun?

Nach Hause, das steht für Lambert fest, wird er nicht zurückkehren. Er hat das Studio damals verlassen, weil es dort für ihn nicht mehr nach einer Zukunft ausgesehen hat. Weshalb sollte er sich jetzt an einen Ort begeben, der nicht einmal mehr eine Gegenwart für ihn bereithält? Was würde ihn und die DX zu Hause denn schon erwarten? Eine übel gelaunte Frau Hauptmann, die auf einer Erklärung bestehen würde, weshalb er die von ihr aufgestellten Regeln (»Solange Sie noch aufstehen können, sollten Sie länger liegen bleiben«) verletzt und sich von einem frechen kleinen Biest die Hose hat zerreißen lassen. Die Wahrheit könnte er ihr ohnehin nicht anvertrauen. Wäre Frau Hauptmann erst einmal dahintergekommen, dass sich eine Schwerhörigkeit seiner angenommen hat, würde Lambert sich demnächst möglicherweise neben der DX in seinem Kellerabteil wiederfinden, um dort unten im Finstern auf den jüngsten Tag zu warten, bis irgendein Kerl ohne blassen Schimmer, dass er eine legendäre Achtspur-Halbzoll-Bandmaschine vor sich hat – geschweige denn aus welchem Grund jemand auf die Idee gekommen sein sollte, sein Leben damit zu verbringen, mit außergewöhnlichen Mitteln stinknormalen Lärm zu erzeugen –, sie beide entsorgen würde, ohne viel Aufhebens davon zu machen.

Wenigstens der DX muss ein solches Schicksal erspart bleiben. Ist es denn ihre Schuld, dass sich ihr letzter Auftrag erübrigt, weil das Studio, zu dem sie Lambert begleitet hat, nicht mehr vorhanden ist und von dem Menschen, mit dem sie ihn hätte versöhnen sollen, jede Spur fehlt? Vielleicht wäre ja von beidem noch etwas übrig, hätte Lambert sie damals nicht mit sich genommen. Es ist eine Schlussfolgerung wie diese, die Lambert auf den Gedanken bringt, dass seine Aufgabe – und sei es die allerletzte – nun darin besteht, wenigstens der DX zu einem ihren Verdiensten um Sindy & Bert, um die Welt der Geräusche und die Arbeit hinter den Kulissen angemessenen Ende zu verhelfen. Das scheint ihm das Einzige, wodurch sich seine Vergangenheit zumindest noch zu einem versöhnlichen Abschluss bringen lassen könnte.

Als erstes denkt Lambert dabei an die Wildnis, die vor seinen Augen wuchert, als ob es dort nie etwas anderes gegeben hätte. Immerhin handelt es sich dabei um die ehemalige Adresse von Sindy & Berts Studio und damit um jene Stätte, an der die DX zu einem Teil von ihnen – zu so etwas wie dem *&* zwischen ihren beiden Namen – geworden ist. Aber das ist natürlich Unsinn. Dort hat eine feindselige Kreatur das Kommando übernommen. Er muss an Frau Hauptmann denken. Weder würde es ihm gelingen, weit genug vorzudringen, ohne attackiert zu werden, noch bliebe die DX in diesem Gestrüpp lange unbelästigt.

Als letzte Ruhestätte eines Aufnahmegeräts vom Kaliber einer DX kommt nur ein einziger Ort infrage, und den kennt Lambert nur zu gut. Es ist ein Ort, in gleicher Weise ihren treuen Diensten entsprechend wie ihrem Beitrag zur Domestizierung des Geräusches im Allgemeinen. Bei dem Flecken Wildnis, das aus Sindy & Berts Studio geworden ist, hätte es sich um nichts als eine Abkürzung gehandelt, um den kürzesten aller Wege.

Diesmal weiß Lambert mehr als nur die Richtung, die es einzuschlagen gilt. Es ist, als hätte das Studio im Austausch gegen sein Verschwinden etwas von Berts früherem Orientierungssinn zurückgelassen. Die vor ihm liegende Strecke zurückzulegen verspricht aber noch aus einem weiteren Grund, *anders* zu werden. Seiner Schubkarre vergleichbar wird Lambert fortan ausschließlich der Beförderung der DX dienen. Zeit spielt für ihn in Zukunft keine Rolle mehr. Zukunft spielt keine Rolle. Die Zeit, weil sie beschlossen hat, nicht auf ihn zu warten, sondern ohne ihn abzulaufen. Und Zukunft hat Lambert keine mehr, weil er sein Gehör nicht zurückerlangen wird. Er ist dabei, die Zukunft endgültig zu verlieren, und das hat mit niemand anderem zu tun – niemand muss das Gefühl haben, daran eine Form von Mitschuld zu tragen.

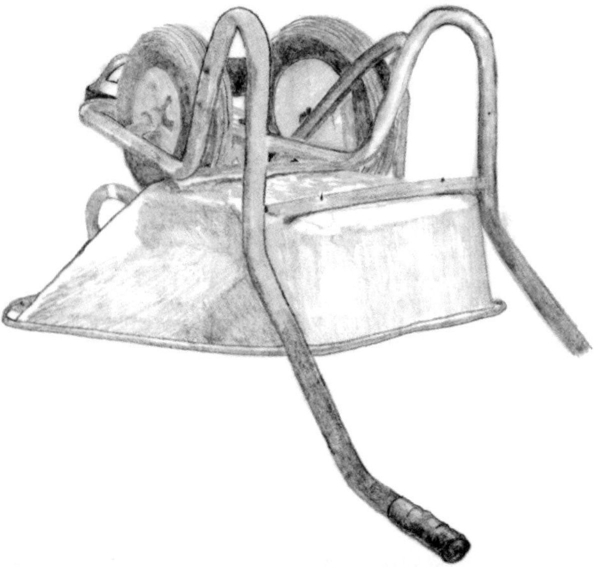

Die Zukunft ist Lambert, damals noch Bert, schon vor langer Zeit verloren gegangen. Das war, als die Bosse der großen Studios beschlossen, das weitere Schicksal sämtlicher im Rahmen einer auf nichts als Fantasie basierenden Evolution hervorgebrachten Geschöpfe in die profitorientierten Hände ihrer Marketingabteilungen zu legen.

Von den Marketingabteilungen wurden die als markttauglich Eingestuften unverzüglich in den Spielesektor übersiedelt und in einzelne, ihren jeweiligen Charakteristika angepasste Mikroprozessoren gezwängt. Alle übrigen verschwanden – einige, um Jahre später ausgestopft wie Jagdtrophäen als Maskottchen im Onlinehandel wiederaufzutauchen.

Die Weiterentwicklung der von ihnen Auserwählten übernahmen von nun an Kreativbüros, deren Aufgabe darin bestand, mit Hilfe ihrer Computer auf bestimmte Konsumententypen ausgerichtete Soundfiles zu entwerfen. Filme wurden in diesen Büros vorausblickend als zukünftige Nebenschauplätze klassifiziert, und es dauerte nicht lange, bis unkonventionelle Teams wie Sindy & Bert zu hören bekamen, dass ihre Mitarbeit nicht länger erforderlich sei. Die neuerdings Verantwortlichen konnten, obwohl sie später behaupten würden, voller Bewunderung auf ihre unerhört anregenden Vorreiter – womit die Sindys & Berts der Branche gemeint waren – zurückzublicken, mit Experimenten ebenso wenig anfangen wie mit Tricks, die auf raffinierten Handgriffen beruhten. Eine Kunstfertigkeit wie die Berts wurde von nun an, wenn auch nicht ohne eine gewisse Sympathie dafür zu empfinden, unmissverständlich als altbacken bezeichnet.

Ob ein herkömmliches Gefühl wie Schmerz damit einhergeht, wenn ein greller Strahl einen Menschen in Nichts auflöst, ließ sich zwar nach wie vor nicht sagen, das Geräusch von Fensterputzmittel auf einer heißen Herdplatte – in diesem Punkt war man sich in den Kreativabteilungen hingegen einig –, wurde dem, was man glaubte, sich darunter vorstellen zu müssen, allerdings mit Sicherheit nicht oder zumindest *nicht mehr* gerecht. Was da zischend in ammoniakgeschwängertem Dampf aufging, war, zeitgenössischen Maßstäben entsprechend, sinnbildlich für den naiven Glauben, es sei aussichtsreicher, den Herausforderungen der Zukunft mit so etwas wie Haushaltsverstand gegenüberzutreten, anstatt das Wohlergehen der Menschheit von Morgen Rechenprogrammen mit dem unwiderstehlichen Charme endloser Zahlenkombinationen zu übertragen.

Ein für den Computer geschaffenes Hörerlebnis sollte tunlichst auch von einem Computer geschaffen worden sein. Soweit es die Simulation anging, wurde ein noch nie da gewesenes, ein auf der Technik neuesten Standards basierendes Zeitalter hochgefahren, eines, in dem für zwei wie Sindy & Bert keine Zukunft mehr vorgesehen war. Am Genre *Zukunft* festzuhalten hätte für die beiden nicht nur vorausgesetzt, sich von ihrer Ausrüstung zu trennen, sondern es mit einer jüngeren Generation aufzunehmen, die ihnen in Hinblick auf das technische Verständnis immer einen Schritt voraus sein würde.

Die einzige Chance, zumindest noch eine Zeit lang im Geschäft zu bleiben, bestand für Sindy & Bert darin, die DX ein wenig voreilig als Rarität auszugeben und sich nach einer auf Veteranen zugeschnittenen Nische umzusehen – zu speziell für ein ausschließlich auf die Zukunft ausgerichtetes Gehör, etwas mit Bedarf an Manieren alter Schule, für das man gelernt haben musste, aufrecht zu gehen.

Berts Einschätzung nach eine günstige Gelegenheit, um allmählich überhaupt auszusteigen. Er war sogar der Meinung, dass für ein Team wie Sindy & Bert der beste Zeitpunkt dafür bereits hinter ihnen lag. Umso größer sein Erstaunen darüber, wie sein Partner auf den Vorschlag, die Arbeit im Studio endgültig zu beenden, reagierte. Dass Sindy nicht begeistert sein würde, war zu erwarten gewesen. Womit Bert, vielleicht ja bereits auf halbem Weg, sich in Lambert zurückzuverwandeln, jedoch nicht gerechnet hatte, waren Verzweiflung, Wut und Feindseligkeit. Ausgelöst insbesondere durch den Hinweis – eigentlich, wenn schon nicht als Trost, dann immerhin als Anreiz, als Herausforderung gedacht –, in Zukunft werde auch keine Notwendigkeit mehr für ihn bestehen, eine erfundene Identität wie jene als Sindy von Sindy & Bert aufrechtzuerhalten.

Allein schon den Gedanken daran schien Sindy kategorisch abzulehnen. Sobald Bert darauf zu sprechen kam, verbarrikadierte sein Partner sich in seiner Technikerkabine und betätigte – durch die Glasscheibe die ganze Zeit über sichtbar – scheinbar wahllos die Regler an seinen Apparaturen, darunter auch die der DX, als ließe sich die Situation dadurch verändern. Erst als er offenbar eingesehen hatte, dass die ihm zur Verfügung stehende Technik keinerlei Auswirkung auf Berts Absichten hatte – wie denn auch, Berts Entschluss entsprang ja nicht der Unzufriedenheit mit ihrer beider Arbeit, sondern einer allgemeinen Entwicklung innerhalb ihrer Branche –, verkündete er, er könne und werde jenseits dieser Glasscheibe nicht existieren.

Eines glücklicheren Tages hatte Bert das Studio, aus dem damals bereits Sindy & Berts Zuhause geworden war, in Begleitung eines ausrangierten Kinderwagens betreten und dem fragenden Blick seines Partners, für den die gelegentlichen Eskapaden *seines* Geräuschemachers nicht nur eine willkommene Abwechslung, sondern die eigentlichen Höhepunkte ihrer kreativen Zusammenarbeit darstellten, entgegnet, zwei wie sie könnten mit so etwas eine ganze Menge anstellen – in See stechen zum Beispiel. Für Ausflüge wie eine kleine

Bootspartie

wartete Bert nicht erst auf ein entsprechendes Engagement. Vom schieren Vergnügen, etwas zu zweit zu unternehmen, einmal abgesehen, ging es dabei um eine Art Training, eine Maßnahme, die verhindern sollte, dass er aus der Übung kam. Darüber hinaus war es ihm ein Anliegen, Sindy, der im Umgang mit der DX inzwischen als versiert bezeichnet werden konnte und allem Anschein nach begonnen hatte, sich in seiner Rolle als Berts Partner wohlzufühlen, regelmäßig in Erinnerung zu rufen, dass für zwei wie sie sogar die unmittelbare Umgebung – *anders* betrachtet – eine Fülle von Überraschungen bereithielt. Auf ihren Ausflügen demonstrierte er Sindy, der über kein so ausgeprägtes Vorstellungsvermögen verfügte, wohin sie überall gelangen konnten, sofern sie sich nur gemeinsam der gleichen – und zwar *seiner* Fantasie überließen.

Zuerst stützte Bert sein ganzes Gewicht auf das widerstandsfähige Fahrgestell, brachte es auf diese Weise einigermaßen in Verlegenheit und rang sämtlichen Gelenken, an denen Aluminiumteile ineinanderliefen, ein geradezu heiteres Quietschen ab. Dann ließ er den gesamten Aufbau abwechselnd nach vorne und wieder nach hinten kippen, als teste er den Wellengang auf seine einschläfernde Wirkung. Zu diesem Zeitpunkt war Sindy mit ein paar unsicheren Schritten, die Bert, mit der flachen Hand rhythmisch gegen die Bespannung des Verdecks über dem Kopfende des Bettchens klopfend, begleitet hatte, bereits an Bord gegangen, und nachdem Bert den Korb wiederholt aus der Liege- in die Sitzposition gebracht und so dafür gesorgt hatte, dass der Rumpf einigermaßen stabil im Wasser lag, konnte das Boot losgemacht werden. Die ganze Zeit über hielt Sindy beide Augen geschlossen – ein Zeichen, dass er sich umsah, herausfinden wollte, auf was für einer Bootstype die beiden diesmal gelandet waren. Würde Bert als nächstes Ruder zu Wasser lassen oder einen Motor anwerfen?

Um einen Motor zu simulieren, so weit reichten selbst Sindys nautische Kenntnisse, hielt man als Maschinist eine Kreditkarte in die Speichen eines der sich drehenden Räder. Vielleicht saßen sie aber auch in einem Kanu, in einer Barke auf Jungfernfahrt oder wurden von einer Fähre von einem Ufer ans gegenüberliegende gebracht.

Sindy hatte die Augen immer noch nicht aufgemacht. Im Bemühen, einen Vergnügungsdampfer, eine Galeere oder am Ende gar die Arche wahrnehmen zu können, spürte er jedem noch so geringfügigen Geräusch hinterher, wie ein Archäologe, der überzeugt davon ist, dass eine verdreckte Scherbe ihm Zutritt zur Ganzheit einer versunkenen Welt verschafft. Das Einzige, was Sindy wusste, war, dass er sich nicht auf einem von purer Verzweiflung zusammengehaltenen Floß wiederfinden würde, geschweige denn zusammengepfercht in einem alles andere als hochseetauglichen Schlauchboot. Sindy vertraute Bert mit geschlossenen Augen und lauschte, während dieser ein Mobile, das von der Leiste am Verdeck über dem Bettchen baumelte, ergriff, den Kinderwagen von sich stieß, das Mobile jedoch in der Hand behielt, als handle es sich um jene Leine, die das Boot daran hinderte, aus dem Ruder zu laufen, und das Gestell auf diese Weise mit einem Scheppern wieder zu sich zurückholte.

Mit einer dynamischen Bewegung riss Bert das Leintuch aus dem Körbchen, Sindy erschrak, und schon blähte sich ein Segel, das eben noch lose im Wind geflattert war. Um es auszurichten, bediente Bert sich der restlichen Bettwäsche. Einige flinke Handbewegungen, und schon hatte der Wind in den Stoff gefunden. Bert ließ einen der Gurte schnalzen, klapperte mit der Griffstange, nunmehr sein Steuerrad, und im Kielwasser seiner Fantasie nahm allmählich auch Sindys Vorstellungsvermögen Fahrt auf.

Für kontinuierliche Bewegung sorgten die vier Räder. Nachdem er den Kinderwagen so hingestellt hatte, dass der fahrbare Untersatz in die Höhe ragte, kümmerte Bert sich darum, dass sich zumindest jeweils eines drehte. Um das Geräusch der ineinandergreifenden Bestandteile der Takelage hervorzurufen, verstellte er mehrmals die Höhe des Aluminiumrahmens, sodass sich die unterschiedlich dicken Elemente wieder und wieder ineinandersenkten, um gleich darauf auseinandergezogen zu werden und dabei ein gefühlvolles Stöhnen zu erzeugen. Sindy konnte den frischen Luftzug, der durch ihn hindurchfuhr, deutlich spüren. Er umarmte sich selbst, um – wie er zunächst dachte – eine Schwimmweste anzulegen, gleich darauf wurde ihm jedoch klar, dass das, wovon er sich da ergriffen fühlte, die in Berts Einfallsreichtum für ihn vorgesehene Geborgenheit war.

Immer öfter kam es am Ende dieser und vergleichbarer Ausfahrten vor, dass Sindy – Bert hatte längst angelegt und den Kahn sogar schon vertäut – beim Verlassen des Bootes zögerte. Sogar als Bert bereits von Bord gegangen war, scherzhaft von Meuterei sprach und Sindy daran erinnerte, dass er allein nicht einmal in der Lage wäre, den in ein Boot verwandelten Kinderwagen aus dem Hafen zu manövrieren, brachte er seinen Partner nur mit Mühe dazu, aus der Schwimmweste zu schlüpfen und sich beim Aussteigen helfen zu lassen.

Bereitwillig machte Bert die Überzeugungskraft der von ihm errichteten Fantasiegebäude für Sindys Schwierigkeiten *zurückzukommen* verantwortlich, und was deren Anteil betraf hatte er damit wohl gar nicht so unrecht. Hinzu kam allerdings, wie sich später herausstellen sollte, der Umstand, dass Sindy jedes Mal befürchtete, bei seiner Rückkehr die Situation nicht mehr so vorzufinden, wie er sie, von Bert wieder einmal dazu aufgefordert, kurz zuvor verlassen hatte.

⏩

Auf dem Weg, die DX an einen ihrer Vergangenheit angemessenen Ort zu bringen, erreicht Lambert eine Ansammlung von Wohnhäusern im Cottage-Stil, deren Fassaden fast zur Gänze hinter Efeu verschwunden sind. Auf den ersten Blick hält er die Gewächse für künstlich, einer genaueren Überprüfung offenbart sich jedoch, dass sie sich im Zustand des Vermoderns befinden, was eine Nachbildung nicht unbedingt sinnvoll erscheinen lässt. Vor sich hin faulend hängen sie herunter wie nicht abgewaschene, mit Schweiß, abbröckelndem Verputz und Regenwasser angereicherte Schminke. Einige der Häuser sind einen Schritt zurückgetreten, was schmalen Vorgärten Gelegenheit bietet, sich zwischen den Gehsteig und die hinter Efeu verborgenen Fassaden zu zwängen.

Nicht weit davon entfernt steht eine Gruppe Menschen, in denen Lambert die dazugehörigen Bewohnerinnen und Bewohner erkennt. Ihren Häusern den Rücken zukehrend haben sie sich dicht aneinandergedrängt und schauen allesamt in dieselbe Richtung, als sei von dort in Kürze etwas zu erwarten. Lambert hält es für besser, großräumig auszuweichen, aber ein Mann in der hinteren Reihe ist bereits auf ihn aufmerksam geworden und winkt enthusiastisch. Neben ihm sitzt ein Spaniel, und dreht sich jetzt nach Lambert um, als verpflichte ihn die Leine, die ihn mit seinem Herrchen verbindet, dazu.

Das Winken des Mannes vermittelt Lambert, er möge getrost näherkommen, aber selbst einer solchen Aufforderung leistet Lambert nur äußerst ungern Folge, befürchtet er doch, aufgrund der Schubkarre mit jemandem verwechselt zu werden, der hierhergekommen sei, um etwas abzuliefern.

Als er nah genug ist, ruft der Mann Lambert etwas zu, aber der kann ihn nicht hören und nickt mangels einer besseren Idee dem Spaniel zu. Das Tier seinerseits verzieht jedoch keine Miene, als hätte es im Gegensatz zu Lambert sehr wohl verstanden, was sein Besitzer gerufen hat. Worum auch immer es sich dabei gehandelt haben mag, als nächstes geschieht etwas ganz und gar Überraschendes. Alle, die Lambert und seine Schubkarre bemerken, treten nicht nur zur Seite, sie fordern ihre jeweiligen Nachbarinnen und Nachbarn auf, es ihnen gleichzutun. Die Menge teilt sich, und Lambert bleibt gar nichts anderes übrig, als sich, einer hochgestellten Persönlichkeit vergleichbar, bis ganz nach vorne zu begeben, wo er von einer rot-weiß gestreiften Absperrung empfangen wird. Eine Gruppe junger Erwachsener hat hier – die Arme einander über die Schultern gelegt – Stellung bezogen. Hinter ihnen haben sich ältere Leute, Kinder und Jugendliche versammelt sowie mehrere Paare unterschiedlicher Altersstufen, einige davon mit Kinderwägen.

Die unter all diesen Menschen spürbare Anspannung gilt einem offenbar verlassenen Industriegebäude jenseits der Absperrung. Für Lambert besteht kein Zweifel daran, dass es eine ganze Menge der Geschichte der hier Anwesenden beinhaltet.

Männer mit Schutzhelmen stehen um das Gebäude herum, schauen immer wieder in sämtliche Richtungen, sprechen in Funkgeräte, machen Zeichen mit ihren Händen und nicken, um ganz plötzlich wie auf Kommando in Deckung zu gehen. Dann erfolgt auch schon die Explosion. Lambert kann sie zwar nicht hören, erschrickt jedoch nichtsdestoweniger, und als es so weit ist, blitzt vor seinem geistigen Auge das Bild eines menschlichen Körpers auf, den ein kalter Wasserstrahl zusammenzucken lässt. Als erstes fliegt das Dach des Gebäudes weg, daraufhin bricht die gesamte Räumlichkeit in sich zusammen und hinterlässt eine Säule weißen Staubs, die sich unverzüglich verflüchtigt, als wäre das, woraus sie besteht, seit Ewigkeiten darin eingeschlossen gewesen.

In der Menge kommt allmählich wieder Lebendigkeit auf. Die meisten scheinen vorübergehend kaum etwas zu hören, ihrer Stimmung kann das allerdings nichts anhaben. Der Mann, der Lambert zuvor zugewinkt hat, applaudiert, während ein Bagger anrückt und anfängt abzuknabbern, was von den Grundmauern des Industriegebäudes stehen geblieben ist. Wie es aussieht, wünschen sich die Kinder eine Wiederholung. Sie würden gern ein zweites Mal sehen, wie sich das Gebäude in seine Bestandteile auflöst. Wie mühelos die Jugend doch regeneriert, denkt Lambert. Er selbst tut sich da schon bedeutend schwerer, gewisse Ereignisse zu verarbeiten. Wie das demolierte Gebäude, fällt ihm ein, wie die Stadt. Aber hat sich die etwa nicht immer wieder von den mannigfaltigsten Beeinträchtigungen wie Belagerungen, Bombardements, Epidemien, Hungersnöten und unfähigen Politikern erholt? Würde ihm das ebenfalls gelingen? Bloß einmal noch? Oder begleitet ihn die Stadt, die er auf seinen Streifzügen so oft zum Leben erweckt hat, mittlerweile auf den letzten Metern *seines* Weges, aus dem mit jedem weiteren Schritt eine jener unzähligen Etappen wird, die gemeinsam ihre Geschichte darstellen? So gesehen entspräche der letzte Schritt seiner Rückkehr dem ersten seines Aufbruchs – nur eben andersherum.

Manfred ist älter, Manfred ist aber nicht dicker geworden. Seit die Illusions sich von der Bühne verabschiedet haben (das war gegen Ende ihrer *I-Miss-Myself*-Tournee), hat Manfred kein Band-T-Shirt mehr getragen. Mittlerweile haben sämtliche Gruppen, die jemals von Bedeutung für ihn waren, das Touren aufgegeben. Für Manfred hat ein neuer Lebensabschnitt begonnen – nicht unbedingt ohne Träume, allerdings frei von unerreichbaren Zielen. Manfred bevorzugt jetzt Pullunder in schrillen Farben (zinnoberrot, dottergelb). Seit keine schwärmerischen Motive mehr an ihm prangen, hat Manfreds Bauch aufgehört zu wachsen. Das Angebot in seinem Laden – Manfred wurde ungefähr als *Happy Echo*, das einzige Live-Album der Illusions, erschien, Teilhaber – umfasst nach wie vor die neuesten Soundsysteme. Bei Interesse führt Manfred sie auf seinem Laptop vor und folgt damit einem Trend, dem gemäß zukunftsorientierte High Fidelity in ihrer physischen Erscheinung winzig klein oder überhaupt immateriell geworden ist. Dieses Geschäftsmodell hat sich als ökonomischer herausgestellt, als alles in den Regalen oder im Lager herumstehen zu haben. Dass über die Jahre hinweg der Großteil von Manfreds Kundschaft ausgeblieben ist, spielt dabei zugegebenermaßen ebenfalls eine Rolle.

Für Manfred kein Grund zurückzuschauen – eher im Gegenteil. Seit die Tür nur noch selten aufgeht, sitzt er die meiste Zeit über hinter seinem Schreibtisch am Ende des leeren Verkaufsraums in so etwas wie einer bürokratischen Matrix der Wirklichkeit, zwischen ernüchternden

Bilanzen, hohen Fixkosten sowie Ideen für Werbekampagnen, die kein Hehl daraus machen, dass sie gerade mal im Rahmen eines Brainstormings vielversprechend wirken. In dieser Domäne treibt Manfred vor sich hin, bis der Feierabend über *For Your Ears Only* hereinbricht. Es sei denn?

Es sei denn, etwas Außergewöhnliches versteht es, Manfred aus diesem, ihm angemessen erscheinenden Marketingmodus, in dem er sich wohlfühlt wie ein Silberwalfisch in einem mit Schaumbad gefüllten Aquarium, zu holen. Etwas, das immun ist gegenüber roten Zahlen und der realistischen Beurteilung von Einfällen, die an sich spitze sind. *Etwas* wie ein alter Mann, der eine Schubkarre vor seinem Laden abstellt und die Tür einen Spalt weit aufmacht. Überflüssige Informationen dringen durch diese undichte Stelle in Manfreds leeren Geschäftsraum, darunter, dass dieser alte Mann erschöpft wirkt und sich ungeschickt anstellt. Die Schubkarre erinnert Manfred an den Bau der Pyramiden. Aller Wahrscheinlichkeit nach befindet sich ein technisches Gerät darin. Irgendeine Elektroleiche, denkt Manfred, etwas von *vor der Sintflut*, als Zeitgenossen dieses alten Mannes die Szene noch mit ihren singenden Sägen unsicher gemacht haben.

Vor ein paar Jahren hat Manfred als Spezialist im Aufstöbern von Sammlern für diese alten Teile – die elektronischen, wohlgemerkt – gegolten, inzwischen treibt er sich aber schon lange nicht mehr in den einschlägigen Foren herum. *For Your Ears Only*, der Name steht mit großen Anfangsbuchstaben über der Eingangstür – lediglich die Beleuchtung lässt Manfred, um Betriebskosten einzusparen, seit einiger Zeit ausgeschaltet –, ist eine Adresse für zeitgenössisches Hören, und an einer solchen haben Schubkarren mit Artefakten nichts zu suchen.

Dem alten Mann ist es in der Zwischenzeit gelungen, Manfreds Geschäftsräume zu betreten. Seine Schubkarre hat es nicht geschafft. Im Türrahmen abwartend, blockiert sie den Eingang. Manfred erhebt sich mit einem Seufzen. Sein Körper fühlt sich schwerer an als sonst, aber es ist gar nicht so sehr das vom Hereinschneien dieses verwirrten Großväterchens erzwungene Intermezzo, das ihn frustriert. Von ein paar Luftblasen abgesehen hat sich heute einfach noch nicht allzu viel marketingmäßig verwertbares Treibgut in seinem Bart verfangen.

Wenn er hinter seinem Schreibtisch hervorkommt, stellt Manfred sich vor, muss das aussehen wie eines dieser grellfarbigen Rettungsboote, die sich ganz von allein aufblasen. Bloß dass Manfred sich nicht erhoben hat, um denjenigen, der da von seinem Weg abgekommen ist, zu retten, sondern um diese höchster Tonqualität gewidmeten Räumlichkeiten, um den ganzen verdammten Planeten Sound, vor allen Dingen aber den Frequenzbereich, für den er, Manfred, die Verantwortung trägt, vor einem Eindringling wie diesem zu schützen. Manfred betritt den Linoleumboden der Wirklichkeit, er betritt seine Bühne, um diesem Greis, der sich aller Wahrscheinlichkeit nach seine mickrige Pension durch das Verscherbeln seiner allerersten Compact-Anlage aufbessern möchte und ihm in Kürze etwas von einem »seltenen Liebhaberstück von geradezu unschätzbarem Wert« vorschwärmen wird, ordentlich die Meinung zu geigen. Manfred wird diesem Fossil klarmachen, dass es soeben den Gehörgang des 21. Jahrhunderts betreten hat, in dem man Musik streamt und nicht in Schubkarren spazieren führt, aber – und das ist das eigentlich Außergewöhnliche –, statt dass der Pegel seiner Wut wie vorgesehen von jedem zusätzlichen Schritt in die Höhe gepitcht wird, hat Manfred das Gefühl, so etwas wie einen Wiedersehenspfad abzuschreiten. Irgendetwas kommt ihm bekannt vor, dann noch bekannter, erinnert ihn an … sieht aus wie … eine … genau: wie eine (»verfickte«) DX-8.

Für Lambert ist es ebenfalls ein Wiedersehen, wenn auch eines, das für ihn nicht ganz so überraschend kommt. Schließlich ist Manfreds Laden – in Lamberts Augen der Ort seiner ersten Begegnung mit der DX – sein Ziel gewesen, seit er sich dafür entschieden hat, die DX nicht ein zweites Mal in seinem Keller verschwinden zu lassen. Am ehesten überrascht Lambert, dass dieser wunderliche Dickhäuter hier nach wie vor beschäftigt ist. Aber schließlich ist er ebenfalls derselbe, der vor vielen Jahren von eben diesem Dickhäuter mit der DX bekannt gemacht wurde.

Was Lambert zudem überrascht, ist das Erscheinungsbild der Geschäftsräume. Er hat mit computergesteuerten Anlagen gerechnet, mit himmelhohen Boxentürmen, die ein Pumpen von sich geben, das sich sogar entlang stillgelegter Gehörgänge Bahn bricht, mit Bildschirmen, auf denen sich ständig etwas aufbläht, um gleich darauf wieder in sich zusammenzusacken, wie er das andernorts gesehen und sich dabei an das Überwachen lebenswichtiger Organe erinnert gefühlt hat. Gerade mal die eleganten Präsentationstische entsprechen dem, was Lambert sich erwartet hat, bis zu einem gewissen Grad auch die gläsernen Regale. Irritierend wiederum ist, dass sie mit nichts gefüllt sind.

»Ist das nicht eine …«, Manfred hat auf dem Weg durch seinen Showroom ausschließlich die DX im Blick gehabt, ihrem Besitzer wendet er sich erst jetzt, im Foyer angekommen, zu.

Genau genommen gibt das Wort *Besitzer* Manfreds Auffassung vom Verhältnis zwischen einem Menschen und seinem Audiogerät nur unzureichend wieder, wobei es für ihn keine Rolle spielt, ob es sich dabei um einen MP3-Player, einen Schallplattenspieler mit Seltenheitswert oder – und darin zeigt sich einmal mehr Manfreds bemerkenswertes Einschätzungsvermögen – um ein Hörgerät handelt. Manfred schwebt eine Verbundenheit vor wie zwischen einem Heranwachsenden und seinem Haustier. Etwas, das in einem irrationalen Verhältnis zur eigenen Identität steht, irgendwie zu dieser gehört, etwas, für das es keine zutreffende Bezeichnung gibt, weshalb Manfred, der nun schon beinahe sein Leben lang derartige *Erweiterungen der eigenen Persönlichkeit* verkauft – früher, ohne Freude dabei zu empfinden, mittlerweile voller Überzeugung –, sich mit sich selbst auf das Wort *Besitzer, Besitzerin* geeinigt hat.

»Das ist eine DX-8.« Lambert empfängt Manfred mit diesen Worten quasi in dessen ureigenem Revier und gleichzeitig in der Vergangenheit.

Angesichts dieses Veteranen auf dem Gebiet der Aufnahmetechnik – der DX, wohlgemerkt – ist Manfreds Groll blitzartig verflogen. Sogar die Schubkarre erscheint ihm für den Moment zumindest angemessen, wobei eine DX seiner Meinung nach in einer Vitrine besser aufgehoben wäre. Die unzähligen Revolutionen, die im Laufe der Jahrzehnte über jenen Bereich der Unterhaltungselektronik, in dem ihresgleichen einst eine zentrale Rolle zugekommen ist, hereingebrochen sind, müssen ihr alles abverlangt haben. Wortlos greift Manfred nach der Tür, mit der der alte Mann nicht zurechtkommt, und hält sie ihm auf. Eigentlich ist er dabei eher der DX behilflich, holt sie, als habe sich die Schubkarre mit dem Überqueren der Schwelle zu den Räumlichkeiten von *For Your Ears Only* in eine Sänfte verwandelt, behutsam in sein Geschäft herein, befreit sie von der provisorischen Abdeckung und betrachtet sie, als handle es sich bei ihr um das letzte Exemplar einer als ausgestorben geltenden Spezies.

Ambitionen, die DX zu erwerben und an jemanden, nach dem er sich im Übrigen erst umsehen müsste, weiterzuverkaufen, stellen sich bei Manfred hingegen keine ein. Mit dieserart Geschäften ist es für ihn endgültig vorbei. Es sind vielmehr die Überbleibsel seiner ehemaligen Neugier, die ihn veranlassen, sich dieses Gerät ein letztes Mal genauer anzusehen und vielleicht doch noch wenigstens einem der Mysterien, die es umgeben, auf die Schliche zu kommen. Zum Beispiel warum der DX, als er in diesem Laden anfing, bereits das gleiche Image einer alten Dame anhaftete wie heute oder weshalb er sie ohne stichhaltiges Motiv seit jeher für fähig gehalten hat, jemanden ein Leben lang zu begleiten. In dem Umstand, nach so langer Zeit wieder einmal einer von ihnen zu begegnen, glaubt Manfred ein bisschen was davon bestätigt zu finden. Damals wie heute strahlt die DX – die in der Schubkarre genauso wie jede andere – etwas Zukünftiges und gleichzeitig Vergangenes aus. Sie wirkt wie ein Teil dessen, was nie ganz vorüber sein wird. Die Zeit hat kaum eine Spur an ihr hinterlassen, es ist ihre Umgebung, die sich verändert hat. Manfred gefällt die Vorstellung, die DX, die ihm gerade gebracht wurde, sei seinerzeit – in einem Kinderwagen, was so viel heißt wie *originalverpackt* – von niemand anderem als diesem Greis, der damals sehr viel jünger gewesen sein muss, von hier weggebracht worden. Aus einem Laden, in dem heute kaum etwas noch so ist wie früher, empfohlen und übergeben von einem aufgedunsenen Keyboarder ohne Zukunftsperspektive.

In gewisser Weise muss es sich bei der DX sogar um ein- und dieselbe handeln, ganz einfach weil eine DX – einer der Gründe, weshalb sie ein Stückchen näher an der Ewigkeit ist – über keinerlei Individualität verfügt. Das ist es auch, was Manfred, seit er zum ersten Mal eine zu Gesicht bekommen hat, mit der DX verbindet: ein Potenzial, als Weichensteller zu fungieren, das nur ganz nebenbei aus ihm einen Elektrofachmann mit geringfügigen Gewichtsproblemen hat werden lassen. Gerade so, als hätten sich seine Überzeugung und sein Magen den durch ihren Verkauf im Regal frei gewordenen Platz geteilt.

»Wir … also ich …«, Manfred nimmt an, der alte Mann meine damit sich und die DX, und es rührt ihn, dass er von ihnen beiden als *wir* spricht, dabei bezieht sich Lamberts *Wir* auf sich und seinen ehemaligen Partner, dem wiederzubegegnen ihm nicht beschieden gewesen ist, »also, ich … habe gedacht, Sie erinnern sich vielleicht noch an …«

»Natürlich erinnere ich mich an sie«, erwidert Manfred und meint damit nicht den alten Mann, sondern die DX. Gleichzeitig drückt er auf *Rewind*. Ein hoffnungsloser Romantiker wie Manfred kann – verschroben oder nicht – gewisse Begegnungen zwischen Menschen und Audiogeräten nie völlig vergessen. Die Erinnerung daran dürfte sich nur irgendwo weiter hinten in seinem …

»Kann ich die einfach nur hierlassen?«

Was soll das denn nun schon wieder heißen? Schlimm genug, dass ihm der alte Mann nicht einmal ausreichend Zeit für einen Abstecher in seinen Gedächtnisspeicher gewährt. Aus dem Großväterchen, aus dem für Manfred vorläufig immerhin jemand geworden ist, der eine DX aus der Vergangenheit zu ihm zurückbegleitet hat, scheint die Erschöpfung zu sprechen, und deren Worte verstehen sich darauf, denjenigen, der sie ausspricht, in ein äußerst ungünstiges Licht zu rücken.

»Sieht das für Sie vielleicht wie ein Friedhof aus?«

Manfred weiß, dass es in seinem Geschäft nicht so aussieht, und er weiß, dass der alte Mann das auch nicht so gemeint hat. Schließlich hat Manfred in ihm keinen dieser Witzbolde aus der Elektroszene vor sich, die es sich nicht verkneifen können, angesichts seiner nach wie vor stattlichen Figur und in Anspielung auf gewisse früher einmal hier erhältliche und zugegebenermaßen überholte Modelle hin und wieder Begriffe wie *Elefantenfriedhof* fallen zu lassen. Nicht ganz so sicher ist sich Manfred hingegen, ob der alte Mann ihn überhaupt versteht. Offenbar hat er nicht nur Schwierigkeiten mit Türen, sondern auch damit, was akustisch zu ihm vorzudringen versucht. Er sollte sich, so Manfreds Einschätzung, mal lieber nach einem Plätzchen für sich selber umsehen, nach einem Ort, an dem er sich lange, lange Zeit ausruhen kann.

Manfred ist jedenfalls nicht sein Mann – nicht, seit er damit begonnen hat, seine Tätigkeit bei *For Your Ears Only* als seriösen Job aufzufassen. Was ehemals ein schnöder Broterwerb gewesen sein mag, ist mittlerweile Manfreds hauptsächliche, genau genommen sogar seine einzige Beschäftigung geworden. Seine Verwandlung in einen Profi hat den Wochenenden, an denen er seinen Lötkolben nicht aus der Hand gelegt hat, ebenso ein Ende bereitet wie den Transaktionen unter dem Ladentisch.

»Was dagegen?«, sagt Lambert und breitet die Abdeckfolie auf den Boden von *For Your Ears Only* aus.

»Keine Chance«, erwidert Manfred und schüttelt, weil das Gehör des alten Mannes völlig hinüber zu sein scheint, energisch seinen Kopf, was Ohrfeigen links und rechts ersetzen soll. Daran, dass die DX kurz darauf auf den Luftpölsterchen der Folie steht wie eine Skulptur auf dem dazugehörigen Podest, ändert das jedoch nichts. Manfred ist verblüfft, überwältigt, Manfred ist aber auch zu träge, um etwas dagegen zu unternehmen. Hinzu kommt, dass der alte Mann nicht nur anzunehmen scheint, mit seinem Einverständnis zu handeln, sondern offenbar unsicher ist, ob er ihm, dem Besitzer dieses Ladens, nun Dank dafür schulde oder doch eher Manfred ihm – nicht zuletzt angesichts all der leeren Regale.

Als lasse sich das vorläufig nicht beantworten, weil hier nämlich etwas in Erfüllung gegangen ist, in dessen Zusammenhang für sie beide nicht mehr als die Rollen von Ausführenden vorgesehen sind, verlässt Lambert von seiner Schubkarre begleitet die Geschäftsräume ohne ein weiteres Wort. Diesmal benötigt er keinerlei Hilfe. Weil er seine Mission – wie es aussieht – erfüllt hat, weil nun keine Notwendigkeit mehr besteht, aufzupassen – vor allem aber, weil er entdeckt hat, wie sich die Tür an der Fußbodenleiste verankern lässt.

■

Indem dieser etwas *andere* Typ Kunde eine Antiquität wie die DX zurückgelassen hat, hat er Manfred ein ganz schön dickes Ei gelegt. Manfred ist ihm bis an die Tür gefolgt, hat sie aus ihrer Verankerung gelöst und – der alte Mann hatte die Schwelle kaum überschritten – mit voller Wucht zugeschmissen. Stellvertretend für einen Fußtritt, den Manfred einem Kunden, zumal einem alten Mann, niemals verabreichen würde, dafür ist er zu unbeweglich. Manfred benötigt starre Ziele, und ein solches befindet sich nunmehr im Eingangsbereich seines Geschäfts.

Manfred beschließt, die DX nicht in ihrer Eigenschaft als Klassiker in der Geschichte der Aufnahmetechnik zu betrachten, sondern die Hinterlassenschaft eines Störenfrieds darin zu sehen. Er wird sie in den Hinterhof seines Ladens schaffen und sich vorstellen, er tue das stellvertretend für einen alten Mann, dem das nicht zuzutrauen gewesen wäre – allein schon, weil es ihm an der Information fehlt, dass es einen solchen Hinterhof überhaupt gibt.

Manfreds Hinterhof ist jedem und jeder zugänglich und galt früher einmal in einschlägigen Kreisen als so etwas wie eine Tauschzentrale. Mittlerweile steht alles, was dort landet, zur freien Verfügung. Einige der Freaks, die Manfreds Hinterhof nach wie vor frequentieren, dürften sich zwar über ihn wundern, vielleicht sogar damit spekulieren, dass er sich auf seine alten Tage in einen Ignoranten verwandelt haben könnte. Tatsächlich aber wohl nur die, die auch wirklich wissen, was eine DX-8 ist, und wer das weiß, müsste doch – verdammt noch mal – auch in der Lage sein, eine solche Geste richtig zu deuten: als Absage an eine ganze Ära, als symbolisches Hausverbot für sämtliche Dämonen der Vergangenheit.

Sollte sich die DX als funktionstüchtig erweisen, werden in den kommenden Wochen wohl mehr Aasgeier in der Hoffnung auf ein paar weitere solcher *Gesten* über Manfreds Hinterhof kreisen, als sich selbst in besseren Zeiten Kunden in seinem Geschäft aufgehalten haben. Bedenken wie diesen hält Manfred, während er das Aufnahmegerät in der Nähe der Mülltonnen platziert, allerdings entgegen, dass die DX auf diese Weise immerhin einem auserwählten Freak den Moment seines Lebens bescheren dürfte, und dabei fällt ihm – einer seiner Finger muss auf der Rewindtaste geblieben sein – der *andere* ein. Der *andere* Mann, der – auch das schon lange her – über eben diesen Hinterhof geradezu in Manfreds Laden eingedrungen ist und nach einer DX gefragt hat. Richtiggehend verzweifelt hat der gewirkt und behauptet, er würde alles dafür tun, um eines solchen Gerätes habhaft zu werden, beinahe, als gehe es um ein lebenswichtiges Dokument wie einen Reisepass oder – noch dramatischer – um einen Herzschrittmacher. Manfred erinnert sich vor allem an das irre Leuchten in den Augen dieses Mannes, ein Leuchten – das ist Manfred damals durch den

Kopf gegangen –, wie es ihm seinerzeit den Weg zu den Illusions gewiesen hätte. Ein Leuchten, mit dem Manfred nicht unbedingt einen Alarmzustand verbunden hatte, sondern eher das Funktionslämpchen an einem Elektrogerät. Als würde sich eines dieser Geräte, könnte es sprechen, nach einem Menschen erkundigen, und dass einige dieser Geräte *sprechen* können, ist für Manfred wie für alle Bewohnerinnen und Bewohner des Planeten Sound auch damals schon nichts Neues gewesen. In den leuchtenden Augen dieses Mannes lag allerdings auch angedeutet, dass eine DX in der Lage wäre, Menschen zu bezaubern, sie vollständig in ihren Bann zu ziehen.

Ein zweites Mal hat der Mann dann gar nicht mehr mit Manfred gesprochen. Dieser hatte ihm wohl keine allzu großen Hoffnungen darauf gemacht, eine DX auftreiben zu können. Ob er gespürt hat, dass Manfred es nicht ernsthaft versuchen würde, dass ein irres Leuchten auf jemanden wie ihn – Manfred, den Elektrofachmann – nicht die gleiche Wirkung haben würde wie vorstellungshalber auf die Illusions?

Eine Zeit lang hat er sich noch hinter *For Your Ears Only* herumgetrieben – dass eine Rarität wie eine DX dort landen würde, kann er jedoch nicht ernsthaft erwartet haben. Im Grunde hatte er gar nichts von einem jener Freaks, deren Jagdrevier den Hinterhof von Manfreds Laden in diesen Tagen miteinschloss. Er schien zwar ebenfalls von etwas getrieben, anders als im Fall der Freaks, die sich von ihrer Gier treiben ließen, hätte Manfred, was diesen Mann betraf, jedoch darauf getippt, dass er tatsächlich auf der Flucht war – nur dass seine Form von Flucht eben darin bestand, hinter etwas her zu sein.

Er muss vorgehabt haben, sich in Manfreds Hinterhof durchzufragen, was Manfred von Anfang an für keine so gute Idee hielt. Nicht mit einem derartigen Leuchten in den Augen unter lauter Aasgeiern. Haben die erst einmal herausgefunden, welche Schätze jemand mit sich oder in sich trägt, mutieren einige von ihnen zu skrupellosen Marodeuren, darauf programmiert, alles auszuschlachten, wovon sie sich eine seltene Komponente versprechen. Bausätze, die mehrere Generationen überdauert haben, gelten in diesen Kreisen als Reliquien von fetischartigem Charakter, Talismanen vergleichbar oder Amuletten.

Natürlich hat sich das alles nur in Manfreds Vorstellung ereignet. Über die Jahre hat er eine Theorie entwickelt, von was für einer Zukunft die Freaks, die hinter seinem Laden herumlungern, so träumen. Die meisten von ihnen fänden Manfreds Ansicht nach am liebsten im Bauch eines riesigen technischen Apparats Unterschlupf, in einer Art elektronischer Arche Noah, nicht unbedingt um vor dem Untergang gerettet zu werden, sondern um am richtigen Ort zu sein, sobald das neue Zeitalter zur vollen Entfaltung kommt. Vielleicht befindet sich der Mann mit dem irren Leuchten mittlerweile an Bord einer solchen Arche, als ein Teil eines von unendlich vielen einzigartigen Pärchen, sagt sich Manfred und verspürt einen Anflug von Neid, weil diese Typen etwas *in sich haben*, was ihm stets gefehlt hat, auch als es noch darauf angekommen wäre.

Und dennoch, Manfred zufolge hätte auch der Mann besser daran getan, nach Hause zu gehen. Wie der Alte mit seiner Schubkarre, sagt er sich. Manfred interessiert längst nicht mehr, was auf seinem Hinterhof vor sich geht. Vieles, was früher einmal sein Mitgefühl erweckt haben mochte, scheint ihm heute kaum noch einen Gedanken wert. Manfred nennt das seine *Philosophie*. Er blickt auf seinen Arbeitsplatz, auf dem ein Haufen Papierkram (sichtbar) und eine auf Einzelhandel getrimmte Matrix (unsichtbar) auf ihn warten. Wenn sein Laden jemals wieder einigermaßen laufen soll, darf er seine Zeit nicht damit verplempern, dem Schicksal jedes x-Beliebigen eine poetische Note abzugewinnen. Ansonsten hätte Manfred sich ja gleich den Illusions anschließen können, und selbst das wäre heute, genauer gesagt seit der *I-Miss-Myself*-Tournee, Pop-Geschichte. Wenn er ehrlich ist, hat Manfred sich von der DX, wie sie da in seinem Showroom gestanden ist, unangenehm angestarrt und an Zeiten erinnert gefühlt, in denen er noch an die hundertdreißig Kilo auf die Waage gebracht hat – damit will Manfred nie wieder etwas zu tun haben.

*

Lambert spürt, wie die Tür in seinem Rücken zufällt. Eine Aufforderung, den Heimweg anzutreten. Die Schubkarre beinhaltet nun nichts mehr, und dieses Nichts vermittelt ihm, dass er sich an die Stille wird gewöhnen müssen. Von Sindy & Berts ehemaligem Reich ist außer ein paar überwucherten Erinnerungen nichts übrig geblieben und von Berts Partner … Lambert denkt an den Dachs, der ihm beim Versuch, sein Revier zu verteidigen, die Hose zerrissen hat. Ob sich die Schubkarre jetzt, da sie keine Fracht mehr befördert, ganz von allein auf den Heimweg begeben wird? Einem Pferd vergleichbar, das, nachdem es seinen Reiter verloren hat, intuitiv in seinen Stall zurückkehrt. Oder hätte Lambert sie besser gemeinsam mit der DX zurückgelassen? Wird ihn dieser simple Gegenstand am Ende noch verraten?

Von Frau Hauptmann zur Rede gestellt, könnte Lambert jederzeit behaupten, er sei besinnungslos in der Nähe seines Zuhauses gelegen. Er müsste sich dann zwar dafür verantworten, aus dem Haus gegangen zu sein, ohne vorher Bescheid gegeben zu haben (»Wenn Sie mich nicht finden können, sagen Sie es einfach meinem Staubsauger, der leitet es verlässlich an mich weiter«), und damit rechnen, dass ihm das in nächster Zeit verboten sein würde, weitere Antworten würden ihm jedoch erspart bleiben. Vielleicht könnte es ihm sogar gelingen, seine offenkundige Schwerhörigkeit zu seinem Schutz einzusetzen.

Einstweilen benötigt Lambert die Schubkarre allerdings noch. Nicht unbedingt, um sich von ihr den Weg nach Hause zeigen zu lassen – dabei hat es sich bloß um eine poetische Assoziation gehandelt. Lambert möchte sich noch eine Weile an ihren dürren eisernen Armen festhalten. Er ist überzeugt davon, dass alles, was er an Kraft in sich spürt, seinen Körper durch eine seiner beiden Hände (rechts) verlässt, auf das Fahrgestell der Schubkarre übergeht – im Grunde nur ein einziger mehrfach gebogener Stab, der vorne durch die Nabe eines Rades verläuft und mittels zweier Ausbuchtungen eine gewisse Standfestigkeit gewährleistet – und von dessen Metall in seiner Widerstandsfähigkeit gestärkt durch die andere Hand (links) in ihn zurückfließt.

Auf diese Widerstandsfähigkeit will er vorläufig nicht verzichten. Nicht, solange noch ein letzter Weg vor ihm liegt, nicht, solange es noch eine unbeantwortete Frage gibt. Diese Frage lautet, weshalb Berts Ankündigung, das Studio zu verlassen und sich wieder in Lambert zurück zu verwandeln, für seinen Partner gleichbedeutend mit dem Ende jeglicher Beziehung zwischen ihnen war. Als hätte ihre gemeinsame Zeit in nichts als dem Als-Ob vorgetäuschter Geräuschkulissen im Kinderzimmer ihres gemeinsamen Studios bestanden, in dem aussichtslosen Versuch, auf einer Mischung aus Ziegelmehl und Muschelsplittern mit einem Damen- und einem Herrenschuh an den Füßen eng umschlungen zu tanzen. Allein schon der Gedanke daran birgt eine Menge Verletzendes, weshalb Lambert ihm all die Jahre über ausgewichen, weshalb er vor ihm davongelaufen ist. Umso mehr fühlt er sich ihm jetzt, auf dem langen Weg zurück, die leere Mulde seiner Schubkarre vor Augen, ausgeliefert, andererseits jedoch – und dabei mag es sich um so etwas wie das Vermächtnis der DX handeln – in seiner ganzen Wehrlosigkeit endlich *bereit* dafür.

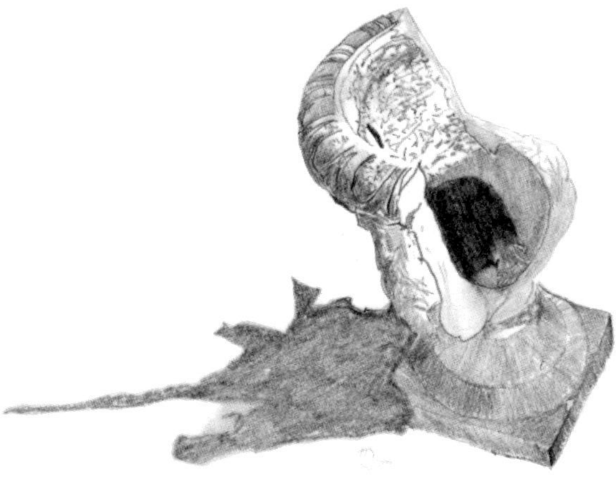

Lambert bemerkt die beiden Frauen, die sich am Kofferraum eines Autos zu schaffen machen, erst als eine von ihnen in ihrer Tätigkeit innehält und zu ihm herüberschaut. Offenbar interessiert sie sich für Lamberts Schubkarre. Sobald sie festgestellt hat, dass sich in dieser nichts befindet, wendet sie sich aber wieder ihren eigenen Angelegenheiten zu, als wäre Lamberts Auftauchen ohne jede Bedeutung, und Bedeutungslosigkeit etwas, das einen hier, wenn auch nicht gerade gern gesehen, so doch zumindest geduldet sein lässt. Ihr Wagen hat schon bessere Zeiten erlebt. Rostige Stellen unterbrechen die Lackierung, die offensichtlich eine ältere überlagert, bei der es sich auch nicht gerade um die ursprüngliche handeln dürfte. Von einer Zierleiste, die sich über die gesamte Länge der Karosserie erstreckt hat, sind nur noch die Narben der Aufhängung übrig. Einige Aufkleber haben sich ebenfalls davongemacht und nichts als ihren Umriss hinterlassen. Dem Fahrzeug, über dessen Kofferraum die Frau sich jetzt wieder beugt, steht ein zweites gegenüber, was aus dem Abstand zwischen den beiden Kühlerhauben eine Art Durchgang werden lässt. Dahinter öffnet sich ein Areal, auf das Lambert, warum, könnte er nicht unbedingt sagen, vielleicht einfach nur, weil niemand etwas dagegen einzuwenden hat, zusteuert.

Männer und Frauen verschiedenen Alters hocken – ihre Hände in Kartons mit unleserlichen Aufschriften – in kleinen Gruppen beieinander. Dazwischen tummeln sich Kinder. Ein Zaun ist nirgendwo zu erkennen. Es ist vielmehr eine allen Anwesenden gemeinsame Beschäftigung, die diesem Ort etwas von einem spezifischen Bereich, von einer *Zone* verleiht. Zu je einer Gruppe Erwachsener und Kartons scheint ein Auto zu gehören. Eine gewisse Unübersichtlichkeit rührt daher, dass ein einmal begonnenes System nicht beibehalten wurde. Anstatt eine zweite Reihe zu bilden, haben sich die später Hinzugekommenen den verbliebenen Platz der Reihenfolge ihres Eintreffens entsprechend untereinander aufgeteilt.

Schon bald gilt Lamberts ganze Aufmerksamkeit den Kindern, die zwischen den Kartons herumtollen wie farbenfrohes Band, das rund um anonyme Verpackungen verläuft. Während ihre Eltern verstohlen Habseligkeiten feilbieten, jagen die Kinder über den improvisierten Umschlagplatz, als hätte ihnen bisher niemand beigebracht, dass es vorteilhafter ist, sich unauffällig zu verhalten. Ihre Unbekümmertheit zu betrachten vermittelt Lambert ein angenehmes Gefühl. Den Sound von Ausgelassenheit fügt er selbst hinzu, greift dafür auf Erinnerungen an seine eigene Kindheit zurück, und es ist diese Form der Rückbesinnung, die ihn nun unvermutet zugeben lässt, wie einfach es für Bert gewesen ist, sich wieder mit seinem früheren Ich zusammenzutun. Für ihn hatte das bedeutet, sich nach ein paar extravagant verbrachten Jahren, die auf das Hervorbringen von Geräuschen ausgerichtet waren, in einem durchschnittlichen Leben zurückzumelden und sich fortan von Erinnerungen an jemanden begleiten zu lassen, von dem er als junger Mensch bestenfalls hatte träumen können. In wen aber hätte Sindy sich zurückverwandeln sollen? In Sindbad, den Seefahrer? In jenen *Ankömmling*, den kaum jemand hier haben wollte, mit Ausnahme von dem Menschen, dem, als es um ihrer beider Zukunft eines Tages nicht mehr ganz so gut stand, nichts Besseres einfiel, als ihm das Recht auf eine Gegenwart abzusprechen?

Für Sandip hatte die ihm von Bert verliehene Identität sehr viel mehr bedeutet als eine Rolle, mehr als ein ihrer beruflichen Glaubwürdigkeit geschuldetes Alter Ego. Für ihn war das gemeinsam betriebene Studio noch etwas anderes gewesen als ein auf ihre speziellen Begabungen ausgerichtetes Labor, etwas anderes als ihre intime Bühne, auf die, hat man sie erst einmal verlassen, mit der ihr gebührenden Portion Nostalgie zurückgeschaut wird. Sandip war als Sindy ein weiteres Mal auf die Welt gekommen, hatte eine neue Herkunft erhalten, aus deren Geborgenheit heraus ihm das, was vor seiner Ankunft stattgefunden haben mochte, wie eine einzige Irrfahrt erschienen sein musste, wie der lange Weg nach Z, das damals noch über seinen vollständigen Namen verfügte.

Kalte Ekstasen

Für eine Produktion, die inoffiziell diesen Namen trug, verschwand eines Tages der Boden in Sindy & Berts Studio unter einer dicken Schicht Styropor, auf der Bert Unmengen von Mehl, Reis und Cornflakes verteilte.

Im Einklang mit einer Gruppe Polarforscher, die sich im Verlauf der Handlung des Films, den es für Sindy & Bert mit Geräuschen auszustatten galt, in ihrer abgelegenen Station auf ein riskantes Experiment eingelassen hatten, benötigte Bert ständig weitere, immer größere Flächen dieses amorphen Schaumstoffs, auf dem er stundenlang im Kreis ging, auf den er sich fallen ließ, den er zerstückelte, mit seinen Fingerspitzen einriss, mit seinen Fäusten drangsalierte. Das Styropor diente dabei ebenso als harsche Schneedecke wie als pappiger Dämpfer, frostige Unterlage, kalte, sanfte, feuchte, abweisende, unaufdringlich riechende Umgebung. Sobald auch die Studiowände damit ausgekleidet waren, beeinflusste der Kunststoff jeden weiteren Ton, schluckte jegliche Farbe, packte alles in dumpfe Wärme. Ein Querschnitt an Materialien mit einem ganz bestimmten Potenzial an Geräuschen hatte Sindy & Berts Studio mit der Zeit ein Aussehen verliehen, wie es Bühnenbildner nicht überzeugender hinbekommen hätten. Rund um Bert und seinen Mitarbeiter handelte es sich zwar ebenso wenig wie am Filmset um richtiges Eis und richtigen Schnee, auf das, was die beiden veranstalteten, schien die heraufbeschworene Atmosphäre jedoch eine ähnlich intensive Wirkung zu haben, als wäre es ihnen gelungen, jene arktische Landschaft zu erschaffen, in der sich die im Drehbuch vorgesehene dramatische Handlung abspielte.

Während die immer aussichtslosere Lage des Forscherteams unaufhörlich neue Gefahren und Ängste zutage förderte, drohte die Stimmung zwischen Sindy & Bert in ihrem Kinderzimmer zunehmend frostig zu werden. Bert bearbeitete das widerstandsfähige und doch so leicht zu brechende Material mit seinen Fingern derart intensiv, dass in seinem Toningenieur der Verdacht aufkeimte, seinem Partner gehe es gar nicht so sehr um eine entsprechende Simulation, sondern um eine Stimmung, in der eine Aufnahme zustande kommen könnte, die sich in der Folge als genau die richtige herausstellen würde. Als er die Tür seiner Technikerkabine öffnen wollte, um etwas in der Art zu ihm zu sagen – nicht übers Mikrofon zu Bert, dem Geräuschemacher, sondern zu Bert, seinem Partner –, verhinderte das der durch eine erst an diesem Tag hinzugefügte Lage Styropor erhöhte Studioboden.

Sindys Skepsis vor Augen, eine Skepsis, die – das drang mit geradezu körperlicher Intensität zu Bert –, aufgrund einer aus Unachtsamkeit entstandenen Blockade binnen weniger Momente ein Ausmaß regelrechter Verzweiflung angenommen hatte, fühlte sich der Geräuschemacher nicht nur unter Druck, sondern wie in einer aus der Spur geratenen Versuchsanordnung, in einem Labor, das sich in ein Inferno verwandelt hatte, und also mitten in einer Hölle aus Eis.

*

Die Ausgelassenheit der Kinder verwandelt die gesamte Zone in die Kulisse ihres Herumtollens. Geschickt weichen sie den in dubiose Tätigkeiten verstrickten Erwachsenen aus, klettern über und unter ihre lädierten Autos, beziehen Bodenmarkierungen, die von einer früheren Bestimmung dieses Ortes herrühren dürften, in ihr Spiel mit ein. Hinter Bergen leerer Kartons gehen sie in Deckung, als handle es sich um Wanderdünen einer Verwüstung, mit der für sie nichts Schlimmes verbunden ist. Von einer solchen Lesart inspiriert meint Lambert in dem improvisierten Umschlagplatz den Standort der ehemaligen Markthalle wiederzuerkennen, und als verlängere jedes Geräusch, das nicht bis zu ihm dringt, diesen Leitfaden um ein Stückchen, erinnert er sich daran, dass es – früher wenigstens – hier ganz in der Nähe ein Kino gegeben hat.

Wäre ein Kino, stellt sich ihm da die Frage, für eine ehemalige Diva wie die DX nicht die (*verfickt*) angemessenste letzte Adresse gewesen? Ist nicht fast alles, dem sie ihre Aufnahmekapazität gewidmet hat, schlussendlich in einem Lichtspieltheater gelandet? Mit dem Ort der ersten Begegnung zwischen ihm und der DX, sagt sich Lambert, ist seine Wahl allerdings auf eine mindestens ebenbürtige Ruhestätte gefallen. Unter ihresgleichen ist seine (und Sindys) treue Gefährtin mit Sicherheit gut aufgehoben. Bis in Manfreds Hinterhof, wo die DX gemeinsam mit einem LC-Display, einer Kathodenröhre und der Frontverkleidung eines Gettoblasters namens *Soul Boy* neben einigen Mülltonnen im Nieselregen steht, reicht der Leitfaden, mit dessen Hilfe sich Lambert das zusammenspinnt, also offenbar nicht. Als er beim Verlassen der Zone am Fragment eines ehemaligen Torpfostens vorbeikommt, fühlt er sich wie in eine altertümliche Form von Tanz involviert, in eine Prozession oder Parade, deren Richtung festgelegt ist. Für ihn ist darin ein Platz hinter einer Schubkarre vorgesehen. Für seinen Heimweg benötigt Lambert keine Anleitung. Früher oder später wird er zwangsläufig auf die Umfahrungsstraße stoßen, und prompt machen die zwanzig, dreißig jeweils vor ihm liegenden Meter den Eindruck, zu einer fixen Route zu gehören.

Insgeheim hofft Lambert (wie zufällig) doch noch auf das Kino zu stoßen, allem Anschein nach weicht allerdings sogar seine ohnehin gerade mal vage Erinnerung Schritt für Schritt vor ihm zurück.

So geht das eine ganze Weile, bis dort, wo eigentlich eine einspurige Straße abzweigen sollte, ein rostiges Gartentor, über dem der Schriftzug »Genossenschaft für experimentelle Landwirtschaft« prangt, Lambert den Weg versperrt. Dahinter türmen sich mit farbenfrohem Nylon ausgekleidete Plastikboxen, gefüllt mit saftiger Erde, Tonnen mit aufgefangenem Regenwasser und Container, aus denen riesige Blätter ragen, die aussehen wie Ohren ganz aus Gemüse gefertigter Elefanten. Auf einem Zettel wird handschriftlich zum *Großen Honigfest* eingeladen. Für die Schubkarre stellt das Gartentor, das von einigen an seinen Metallstreben emporkletternden Pflanzensträngen zusammengehalten wird, kein allzu großes Hindernis dar. Nachdem Lambert es hinter sich gebracht hat, muss er allerdings feststellen, dass der Großteil seiner Kraftreserven davor zurückgeblieben ist.

Sollte das Kino tatsächlich hier irgendwo gewesen sein, wird Lambert wohl bestenfalls über seine Ruine stolpern, über ein Fragment der Anzeigetafel, über den einen oder anderen Klappsitz oder ein Stück des Teppichbodens, mit dem der Gang in den Saal ausgelegt war. Von einer Atmosphäre, wie sie all das gemeinsam heraufzubeschwören verstand, dürfte kaum noch etwas übrig sein. Das Weiterkommen mit der Schubkarre gestaltet sich immer schwieriger, und bald weiß Lambert nicht mehr, was er hier überhaupt verloren hat. Der Rückweg zum Tor macht allerdings einen nicht minder beschwerlichen Eindruck. Jeder freigelegte Meter scheint sich, gleich nachdem Lambert ihn hinter sich gebracht hat, schon wieder verdichtet zu haben. Als habe Lambert einen Ort erreicht, an dem ein Ausgangs- und ein Endpunkt aufeinandertreffen, einen Ort, der wieder Teil des grenzenlosen, unendlich vielfältigen Erscheinungsbildes der Natur geworden ist. Einen Ort, der nicht einmal mehr einen Namen benötigt. Am liebsten würde Lambert auf der Stelle umkippen. Er fragt sich, was Frau Hauptmann dazu sagen würde. Dann muss er daran denken, dass es ihm auf diese Weise vielleicht möglich wäre, seinem ehemaligen Partner in ihr gemeinsames Studio zu folgen. Was von seiner Aufmerksamkeit sonst noch übrig ist, widmet Lambert der leeren Schubkarre, die ihn an den Händen haltend hierherbegleitet hat, und ihre sich zur Vorderkante hin verjüngende Mulde ist es, die seinen Blick schließlich auf einen Pfad lenkt, im Grunde eher eine ehemalige Schneise, die noch nicht so lange zugewachsen zu sein scheint wie das Dickicht links und rechts.

*

Angesichts der enormen Ausmaße fällt Lambert als erstes ein gestrandeter Wal ein. Die wirr aus der Dachregion ragenden Antennen und Drähte legen die Vermutung nahe, dass die Versorgungskanäle des Tieres gekappt wurden, weshalb es früher oder später hat verenden müssen. Da Lambert sich dem Gebäude von der Rückseite her nähert, dauert es eine Weile, bis er die ehemalige Behörde darin erkannt hat. Ihre Amtsstunden scheinen ein für alle Mal abgelaufen, sämtliche Seilschaften gerissen. Offenbar hat sie sich selbst im Zustand eines Kadavers als zu schwerfällig erwiesen, um weggeschafft oder in nichts aufgelöst zu werden.

Kann es sein, dass Lambert den Weg zum Kino mit dem Weg zur Behörde verwechselt hat? Schwer vorstellbar – hier ist er doch so gut wie nie gewesen. Weder anfangs, um den Schützling seiner Eltern in Empfang zu nehmen, noch während der Tumulte, die angezettelt wurden, um sich über diejenigen zu empören, die sich angeblich als blinde Passagiere im Bauch eines solchen Monstrums an Gestade hatten spülen lassen, die anderen vorbehalten hätten bleiben sollen. Auch später hat Lambert hier nicht vorbeigeschaut, etwa um sich zu erkundigen, was aus seinem Partner, einem in der Branche nicht gerade unbekannten Toningenieur, geworden sein könnte.

Im verhältnismäßig unscheinbaren Eingangsbereich der Behörde – er befindet sich auf der anderen Seite des Gebäudes –, stößt Lambert auf die Vitrine, in der früher alle möglichen Informationen versammelt waren. Mittlerweile gewährt eine vom Gähnen beschlagene Verglasung nur noch den Blick auf eine kahle Rückwand. Kein Wort, warum es hier so aussieht, nichts darüber, was geschehen ist. Stecknadeln mit unbekümmert bunten Köpfen, die nichts anpinnen. Nichts über Berts Partner, nichts über den Verbleib von Sindy & Berts Studio. Noch nicht einmal eine Antwort auf die Frage, warum Bert die DX damals mitgenommen hat.

Um dem Spuk ein Ende zu bereiten. Lediglich eine Trennung von der DX schien ihm damals geeignet, Sandip dazu zu bringen, seine erfundene Identität als Berts Tonmann abzulegen. Wie in dem Märchen, in dem sich an einem bestimmten Zeitpunkt alles wieder in seine ursprüngliche Gestalt zurückverwandelt, womit der Traum zu Ende ist und die Wirklichkeit wieder einsetzt. Um das zu begreifen, musste Lambert erst hierher zurückkehren.

Die DX in seinem Keller sollte einen Anreiz für Berts ehemaligen Partner darstellen, eines Tages doch noch aufzutauchen und es ihm, inzwischen wieder zu Lambert geworden, ersparen, für den Rest seines Lebens mit niemand anderem als sich selbst vorliebnehmen zu müssen. Wie es aussah, hatte Sindy allerdings kein Interesse an einem Geräuschvirtuosen, um den es still geworden war.

Einem Lambert hatte Sindy nie in der Weise vertraut, in der er Bert vertraut hatte, als er noch Sandip gewesen war. Einem Lambert hatte er vertraut, als dieser behauptet hatte, nicht mehr er selbst sein zu wollen. Spätestens als Bert beteuerte, dass es für Sindy & Bert keine Zukunft mehr gäbe, war es mit diesem Vertrauen allerdings vorbei. Als Bert schließlich davon schwärmte, dass in der Gegenwart das Leben in einer Partnerschaft wie jener zwischen einem Lambert und einem Sandip um vieles einfacher geworden sei, war bei Sindy bereits keinerlei Vertrauen mehr vorhanden.

Wie hätte er denn einem Lambert vertrauen können, der behauptete, ein bisschen was davon, was sie als Sindy & als Bert auf ihren Ausflügen in die Zukunft mitgeholfen hätten zu gestalten, sei inzwischen in der Gegenwart eingetroffen? Wie hätte er verstehen sollen, was Lambert meinte, wenn er Sachen sagte wie der Lärm, den sie und ihresgleichen all die Jahre über hinter den Kulissen verursacht hätten, sei schlussendlich auch außerhalb der Studiomauern, jenseits der Grenzen einer auf Geräusche fixierten Welt auf Gehör gestoßen? Auch darüber steht nichts in der Vitrine.

Ein Traum

Es war ein Traum, der die letzte Phase von Sindy & Berts Zusammenarbeit einleitete. Bert hatte ihn geträumt – Berts Traum –, was nur gerecht war, schließlich gingen sämtliche ihren Beruf betreffenden Entscheidungen auf Bert zurück, und sollte es dabei Ausnahmen gegeben haben, dann war Sindys Anteil daran stets im Hintergrund geblieben.

Eine große Produktionsgesellschaft, eine wie jene, für die sie damals schon länger nicht mehr gearbeitet hatten, beauftragte die beiden, einen Querschnitt jener Geräusche zu simulieren, die das Publikum im Verlauf einer Vorstellung in einem Kinosaal so fabriziert.

Sindy & Bert machten sich unverzüglich daran, einander die entscheidenden Fragen zu stellen: Ist Dunkelheit hörbar? Was für ein Geräusch erzeugt eine Umarmung? Wonach klingt eine Gänsehaut? Hinter einem solchen Auftrag – das wusste Bert, das hätte selbst Sindy wissen können – verbarg sich die Einsicht der Produzenten alten Stils, dass es an der Zeit war, den großen Vorführsälen Lebewohl zu sagen.

Getreu ihrem Grundsatz, bei der Inszenierung des für einen bestimmten Gegenstand charakteristischen Geräusches eben diesen Gegenstand nicht einzusetzen, sondern etwas, das so klingt, wie der Zuschauer glaubt, dass das, was er sieht, klingen *müsste*, zerbrach Bert keine zum Verzehr geeigneten Chips, sondern chipsgroße Fragmente einer Biedermeier-Holzfurnier. Er raschelte nicht mit Popcorntüten, sondern mit der Innenhülle einer Schallplatte (»Erlebniswelt Schilfgürtel«), von der er sich zuvor den einen oder anderen Ton geborgt hatte, um das Getuschel des Kinopublikums in seiner vermeintlichen Unauffälligkeit unüberhörbar ausfallen zu lassen. Ein aus feuchtem Papier geformtes Kügelchen, das er mittels Ein- und Ausatmens im Gehäuse eines Kugelschreibers hin- und hertrieb, reichte Bert, um nachzuahmen, womit sich Becher und Strohhalme akustisch bemerkbar machen, während der Film läuft – inklusive des röchelnden Abtastens des Becherbodens sowie des Verschluckens und Hustens. Kratzte sich jemand im Publikum am Kopf, drehte Bert einen Bleistift in einem Spitzer zwei-, dreimal um die eigene Achse.

Problematisch wurde es erst, als es ums Lachen ging. Was würde in den Ohren der Zuschauer wie ihr eigenes Lachen klingen, wenn nicht das Lachen anderer, *ande-*

res Lachen – Lachen, das aus unterschiedlichem Grund, vielleicht sogar auf Kommando erfolgte? In seinem Traum blickte Bert zu Sindy hinüber, dessen ansonsten durchwegs heiteres Gesicht hinter der Glasscheibe seiner Technikerkabine einen ernsten Ausdruck angenommen hatte. Sollten die beiden, sollten Sindy & Bert, ihres Zeichens selbst ernannte Legenden der Geräuschebranche, ausgerechnet am Humor ihres Publikums scheitern?

Um an Lachen zu gelangen, sagte sich der träumende Bert, müsste er nur irgendeine witzige Show besuchen. Dort würde er auf *anderes* Lachen stoßen, ein dem anwesenden Künstler gewidmetes, mitunter aus purer Höflichkeit erfolgendes Lachen, das, in einem Kinosaal zu Gehör gebracht, imstande wäre, für genau jene Abweichung zu sorgen, die, als charmant empfunden, den Zuschauern behagt.

Eine Quelle überzeugenden Weinens ausfindig zu machen, erwies sich da schon als schwieriger. Läge die Glaubwürdigkeit profaner Tränen, wie sie zum Beispiel über einen beruflichen Misserfolg vergossen werden, als Geräuschkulisse einer Traurigkeit über den Verlust eines geliebten Menschen eingesetzt, ebenfalls darin, *in Wirklichkeit* anders motiviert zu sein?

Schweißgebadet war Bert aus seinem Traum aufgewacht und überzeugt davon gewesen, dass dem in der Vorstellung sitzenden Publikum der Unterschied zwischen dem Knistern ihrer Knabbertüten und dem derer, die zum Film gehörten, unweigerlich auffallen musste – eben, weil das eine danach trachtete, das andere zu ersetzen und nicht einfach nur zu wiederholen. Früher oder später hätten alle im Kinosaal Anwesenden bemerkt, dass die Trinkhalme in ihren zur Neige gehenden Getränken nicht die gleichen Geräusche produzierten wie die, die aus den Lautsprechern auf sie drangen. Von diesem Moment an wäre auch klar, dass sich die Küsse, die sie einander in der Dunkelheit gaben, gar nicht anhörten wie die Küsse auf der Leinwand – Küsse, die wirklicher Leidenschaft zum Verwechseln ähnlich sahen. Schon bald hätte jeder, hätte jede Einzelne kapiert, worin jener feine Unterschied bestand, der ihnen all die Jahre über dabei behilflich gewesen war, für *echt* zu halten, was man ihnen vorgespielt hatte. Offenbar hatten die Produzenten des Films, in dem sie gerade saßen, Vergnügen daran, jenes Arrangement, das sie – jeder, jede – um ihrer Unterhaltung willen mit sich selbst eingegangen waren, wie zum Abschied ad absurdum zu führen.

Ein Auftrag wie dieser – Traum hin oder her – war nur aus einem Grund bei Sindy & Bert gelandet: um den beiden klarzumachen, dass sie eine Grenze erreicht hatten, jenseits der jede Form des Imitierens in keinem sinnvollen Verhältnis zu so etwas wie *Wirklichkeit* mehr stand. Wie es aussah waren sie in ein Stadium eingetreten, in dem sie Berts phänomenalen Einfallsreichtum bald nur noch dafür benötigen würden, den Eindruck eines harmonischen Miteinanders aufrechtzuerhalten, um einander, also dem jeweils engsten Vertrauten, oder, *anders* ausgedrückt, sich selbst etwas vorzugaukeln.

*

Als Lambert schließlich doch noch auf das Kino stößt, geschieht das wohl nur, weil jeder Weg, egal wie lang, irgendwann an sein Ende kommen muss.

Das Kino hat seinen Betrieb längst eingestellt. Hier gibt es nicht einmal mehr vereinzelt Nachmittagsvorstellungen, wie jene, in deren Begleitprogramm Berts Karriere ausgeklungen ist. Jemand hat den verglasten Eingangsbereich mit Packpapier ausgekleidet und die

Flügeltür mit Holzlatten verbarrikadiert, jemand anderer hat diese Absperrung wieder durchbrochen. Einer der beiden Türflügel fehlt. Lambert kann bis ins Foyer hineinsehen, und die darin versammelte Finsternis übt eine unwiderstehliche Anziehungskraft auf ihn aus. Bretter beschreiben einen Weg vom Gehsteig dorthin, wo sich die Quelle dieser Finsternis befinden dürfte. Ein zusätzlicher Pfad, oberhalb jenes Korridors, den das Publikum jahrzehntelang benutzt hat. Ein *anderer* Weg, einem roten Teppich vergleichbar, der ebenfalls in die Vorstellung hinein verläuft, allerdings für diejenigen bereitliegt, die nicht nur gekommen sind, um zuzuschauen.

Im Bestreben, die verschiedenen Bodenniveaus einander anzugleichen, überbrückt die Bretterkonstruktion Vertiefungen, Schwellen und vereinzelte, über die Jahre hinweg abgetretene Stufen. Bei Giovanni's hat Lambert aufgeschnappt, dass Metallsammler derartige Bahnen verlegen, ehe sie darangehen, ein Gebäude auszuschlachten und ihre Beute in mitgebrachten Einkaufswägen abzutransportieren. In einem Kino dürfte es um die metallene Seele der Kabel gegangen sein, von denen es dort jede Menge gegeben haben muss.

Und warum ist Lambert eigentlich hier? Um herauszufinden, ob es sich bei einem Kino nicht doch um die angemessenere letzte Ruhestätte für die DX gehandelt hätte?

Obwohl es reichlich Geschick erfordert, die Schubkarre auf dem schmalen Pfad zu halten, hat er sich vorgenommen, bis in den großen Saal vorzudringen. Der beste Ort für die DX, denkt Lambert, wäre der Horizont zwischen Fiktion und Wirklichkeit gewesen, die Stelle, an der die Leinwand den Boden erreicht. Seine Schuhsohlen schleifen auf den wackeligen Brettern. Lambert hebt die Füße nicht mehr vollständig vom Boden ab. Zeitweise sieht er nichts, dann wieder hat er den Eindruck, etwas zu hören, kann aber nicht beurteilen, ob es aus dem Inneren des Kinos herrührt oder von irgendwo tief in ihm drin. Als würden Sehen und Hören in ihrem Ausbleiben ineinander verschwimmen. Lambert hat seinen persönlichen Geräuschpegel, er hat seine körperlichen Grenzen überschritten. So oder immerhin so ähnlich muss Sindy sich gefühlt haben: kurz davor, das einzubüßen, was einen ausmacht – unumkehrbar, dazu verdammt weiterzugehen.

Um an die Kabel zu gelangen, montieren die Metallsammler Verblendungen ab, legen Leitungen frei, stemmen Böden auf. Ist ein Gebäude erst einmal ausgeplündert, kümmern sie sich nicht mehr um die Sicherheit auf den von ihren Brettern beschriebenen Wegen. Um Sicherheit geht es Lambert in diesem Moment aber auch nicht mehr. Immer tiefer führt er seine Schubkarre in das Kino hinein, vorbei an leeren Schaukästen, auf deren schmalen Böden Abfälle liegen – Popcornreste, ein knapp unterhalb der Knickzone abgerissener Trinkhalm, Zigarettenstummel und ein paar mittlerweile wertlose Eintrittskarten. Ungeachtet der Gefahr, die mit jedem weiteren Schritt zunimmt, beschließt Lambert, so weit vorzudringen, bis er sich vollends von Finsternis umgeben fühlt. Zumindest einen Moment lang, sagt er sich, sollten dann keine Richtungen mehr existieren. Bis dahin fehlen ihm nur noch wenige Schritte, der Schubkarre ein paar Meter. Die Luft riecht nach Erde, sie fühlt sich feucht an, samten, sie ist kalt, als sei sie weder dazu da ein- noch ausgeatmet zu werden.

Die Teufelsnacht

In den letzten Stunden des Monats Oktober kann man die Stadt leuchten sehen. Viele zünden in dieser Nacht ehemalige Geschäftslokale, Depots oder Lager, manche sogar leer stehende Häuser an, um sich ihrer auf diese Weise zu entledigen. Einige tun das, weil es kostengünstiger ist, als ein Gebäude abtragen zu lassen, andere stört der ruinöse Anblick, von dem ihrem Empfinden nach etwas Deprimierendes ausgeht. Wie soll, sagen sie sich, ein neuer Geist Einzug halten, solange die alten Gespenster noch in ihren heruntergekommenen Löchern hausen? Erst müssen diese brennen. Seit nun schon mehreren Jahren nutzen verschiedene Organisationen, Vereine und Gruppierungen die letzte Oktobernacht, um zumindest ihre Schlupfwinkel zu zerstören.

Einer Gepflogenheit zufolge, die mittlerweile bereits den Rang von so etwas wie einer Tradition einnimmt, wird dieses Spektakel, das mit Einbruch der Dämmerung einsetzt, von keinem Feuerwehrmann mit seiner Löscharbeit behindert. Brandstifter und Brandbekämpfer reichen einander im Angesicht der Flammen die Hände.

Spätestens seit den frühen Nachmittagsstunden steht für Frau Hauptmann fest, dass es sich bei dem heutigen um keinen glücklichen Tag handelt. Ihr Staubsauger hatte sich in Herrn Lamberts Zimmer an einigen Stücken Magnetband verschluckt und zu würgen begonnen, woraufhin sie sich gezwungen sah, ihn in sämtliche seiner Bestandteile zu zerlegen. Als Frau Hauptmann jetzt vom Wohnzimmerfenster aus die flackernde Reflexion der Glut am Abendhimmel betrachtet, muss sie sich eingestehen, dass, sollte Herr Lambert eines Tages nicht mehr nach Hause zurückkehren, sie hier draußen kaum jemals wieder eine vergleichbare Anstellung finden würde. Das mag ein wenig voreilig anmuten, aber Frau Hauptmann tendiert nun mal dazu, mit dem Schlimmsten zu rechnen (»Alles im Eimer, stimmt's?«).

Zu diesem Zeitpunkt stehen bereits etliche Gebäude in unmittelbarer Nähe der Umfahrungsstraße in Flammen. Die Luft ist von Brandgeruch erfüllt. Das Getöse zusammenbrechender Mauern und einstürzender Dachstühle bildet einen merkwürdigen Kontrast zu der stummen Ereignislosigkeit des Vororts. In Frau Hauptmanns Pupillen gespiegelt, begleiten ein paar Flammen ihren Blick ins Innere der Wohnung, und ehe sie darangeht, die üblichen Sicherheitsvorkehrungen zu treffen, muss Frau Hauptmann daran denken, dass ihr Arbeitgeber alljährlich an diesem Tag behauptet, er verstehe sich darauf, mit nichts als einer Packung Prinzenrollenkekse ein weit bedrohlicheres Geräusch zu erzeugen. Um sich einen seiner nicht enden wollenden Vorträge zu ersparen, hat Frau Hauptmann – das fällt ihr jetzt ein – sich nie danach erkundigt, ob er dafür die Kekse oder die Verpackung verwenden würde.

Der Autor bedankt sich bei: Gerald Baumgartner, Xaver Bayer, Kerstin Cmelka, Ann Cotten, Selma Doborac, Andrea Grill, Marlene Hachmeister, Dörte Lyssewski, Bernhard Oberreither, Jorghi Poll, Marianne Schreck, Jana Schulze-Heise, Michael Stavarič sowie dem Bundesministerium für Kunst und Kultur, das die Entstehung dieses Textes mit einem Stipendium unterstützt hat.

Das dem Roman vorangestellte Motto stammt aus: Miguel de Cervantes: »Don Quijote de la Mancha«

Erste Auflage
© Edition Atelier, Wien 2021
www.editionatelier.at
Cover: Jorghi Poll nach einer Idee von Hanno Millesi
Illustrationen: Hanno Millesi
ISBN 978-3-99065-057-8
E-Book ISBN 978-3-99065-063-9

Das Buch ist urheberrechtlich geschützt. Alle Rechte vorbehalten, insbesondere für Übersetzungen, Nachdrucke, Vorträge sowie jegliche mediale Nutzung (Funk, Fernsehen, Internet). Kein Teil des Werkes darf in irgendeiner Form ohne schriftliche Genehmigung des Verlags und des Autors reproduziert oder weiterverwendet werden.

Mit freundlicher Unterstützung der Kunstförderung des Bundeskanzleramtes Österreich und des Literaturreferats der Stadt Wien, MA7

WIEN KULTUR

Bundesministerium
Kunst, Kultur,
öffentlicher Dienst und Sport

Weitere Bücher finden Sie auf der Website des Verlags:
www.editionatelier.at